Programme d'intégration

Christie FO
B.E.V
1. Programme d'intégration

© 2023 Christie Fo

Tous droits réservés, y compris de reproduction partielle ou totale, sous toutes ses formes.

Édition : BoD - Books on Demand, info@bod.fr

Impression : BoD - Books on Demand, In de Tarpen 42, Norderstedt (Allemagne)

Impression à la demande

Couverture : Christie Fo (image : pixabay.com)

ISBN : 978-2-3224-9958-8

Dépôt légal : mai 2022

Pour mes parents qui soutiennent tous mes projets sans jamais douter de moi,

Ce roman contient du contenu sensible pour certains d'entre-nous. Pour entamer la lecture en toute confiance, ceux qui le veulent peuvent retrouver les « trigger warnings » à la toute dernière page du livre.

UN DÉBUT PROMETTEUR

Le décor défilait à grande vitesse par la vitre de la vieille Golf. Les arbres, de plus en plus rapprochés, laissaient apparaître un début de forêt. Sur le siège passager, Zane soupira en contemplant les feuillages verdoyants de la fin du printemps.

— Je n'arrive pas à croire que l'on fasse ça… murmura-t-il.

La tête collée contre la portière, il baissa le regard vers le badge de fortune que le chef du B.E.V leur avait remis à peine une demi-heure plus tôt. Le papier froissé et mal découpé avait été plastifié. En gros caractères, on pouvait lire : Zane Fahey, consultant pour le Bureau des Enquêtes Vampiriques de Bordeaux. Une photo d'identité le complétait, mais ne parvenait pas à lui conférer une apparence plus professionnelle. Connor, concentré sur la route, laissa poindre un sourire ravi.

— Enlève ce sourire de ton visage ! Ce n'est pas un jeu, s'agaça Zane en braquant à nouveau son regard sur le paysage.

— Ça va, détends-toi Zane, rassura Connor, d'une voix amusée. On a déjà fait ce genre de chose.

Zane tourna la tête vers son ami en montrant les dents. Les deux canines particulièrement longues brillèrent un instant au soleil.

— Informateurs ! On était occasionnellement informateurs. Pas consultants ! Ce n'est pas du tout la même chose !

Le regard rivé sur le bord gauche de la route où les voitures de police s'agglutinaient, Connor ne répondit pas. Malgré l'heure matinale, quelques promeneurs ou randonneurs observaient, depuis l'autre côté, des rubans tendus entre quelques arbres, qui indiquaient la scène de crime. Connor se gara sur un bord de route inoccupé et sortit de la voiture, l'air pressé.

— Tu es un grand malade, lui assura Zane en secouant la tête, d'un air dépité. Tu sais que quelqu'un est mort, n'est-ce pas ?

Connor s'arrêta. Toute trace de sourire disparut, il se tourna vers son ami.

— Bien sûr, que je le sais, dit-il, l'air grave. Mais tu sais ce que représente cette opportunité, pour moi. Être enquêteur de police a toujours été un rêve inatteignable pour des gens comme nous. Aujourd'hui, même si nous ne sommes que consultants, je me sens à deux doigts de le réaliser.

Zane soupira.

— D'accord, mais ne t'attends pas à être bien traité par qui que ce soit ici, le prévint-il en lui donnant une tape amicale sur l'épaule. Ce n'est pas parce que ce programme d'intégration est mis en place que tout le monde est pour.

Connor hocha la tête, signifiant à son ami qu'il n'ignorait rien des discriminations auxquelles ils risquaient de se heurter, puis se dirigea vers la scène de crime d'un pas rapide. Les deux hommes arrivèrent devant l'une des bandes jaunes qui fermaient le chemin de randonnée. Des promeneurs jetaient des regards mi-inquiets mi-curieux vers les policiers qui prenaient des photos des lieux. Alors que Zane et Connor s'apprêtaient à passer en dessous du ruban, les deux hommes se firent arrêter d'un bras par une armoire à glace en uniforme qui les toisa d'un regard haineux.

— Scène de crime, vous ne pouvez pas passer, leur dit le géant d'un ton abrupt, le regard fixé sur leur médaille d'identification - une pièce de métal gravée de la lettre V sur une face, et de leur nom sur l'autre - suspendue à leur cou.

Connor sortit son badge de sa poche, manquant de le faire tomber dans la précipitation.

— Nous sommes consultants pour le B.E.V de Bordeaux, expliqua-t-il en lui présentant l'insigne grossièrement découpé.

— Rien à carrer, leur répondit l'homme sans même jeter un coup d'œil au badge. Je ne veux pas voir des gars de votre espèce traîner par ici.

Le visage de Connor se décomposa instantanément. Zane tira son ami en arrière et se pencha à son oreille sans quitter des yeux le policier.

— Je t'avais prévenu, lui chuchota-t-il d'une voix lasse.

— Je sais… Je ne m'attendais seulement pas à ce que ce soit aussi tôt, avoua Connor en baissant la tête.

— Lieutenant ! retentit une voix non loin d'eux.

Les deux vampires tournèrent la tête vers la voix. Un homme agitait la main en direction d'une femme de probablement moins de trente ans qui passait la bande jaune quelques mètres plus loin. Connor la dévisagea tandis qu'elle rejoignait l'homme qui l'avait appelée, et resta hésitant quelques instants avant de prendre son courage à deux mains.

— Lieutenant ! appela-t-il à son tour, sous les regards surpris de Zane et du policier, qui leur bloquait toujours le passage.

La femme se retourna et les dévisagea quelques secondes. Elle se tourna vers l'homme à ses côtés et lui adressa quelques mots avant de venir à leur rencontre. Son regard révélait une certaine méfiance à leur égard, et ils surent qu'elle n'ignorait pas ce qu'ils étaient. Un frisson d'inquiétude parcourut Connor lorsqu'elle arriva à leur niveau.

— Oui ? Que désirez-vous ? demanda-t-elle d'une voix claire.

— Je… Vous êtes bien le Lieutenant chef Alisa Collet ? demanda Connor avec autant d'assurance que possible.

— Oui, et vous êtes ? questionna-t-elle.

— Je suis Connor O'Dea, et voici Zane Fahey, nous sommes vos nouveaux consultants.

Alisa les détailla l'espace d'un instant, et les deux hommes retinrent leur souffle, déjà prêts à se faire jeter. Contre toute attente, elle souleva la bande et les invita à la suivre sous le regard médusé du policier. Elle ne leur adressa pas un mot et se dirigea vers la victime. Étendue dans l'herbe, juste à l'orée de la forêt, une jeune femme portait sur sa gorge découverte des marques de canines bien visibles. Connor et Zane suivirent de près la lieutenante, comme pour indiquer à quiconque en douterait qu'ils avaient leur place sur les lieux. Alisa se dirigea vers une femme d'âge mûr penchée sur le corps.

— Alors ? Quelques premières idées ? demanda-t-elle.

La femme leva la tête et la secoua en signe de négation.

— À part que la victime est décédée et que le coupable est un vampire ? Non, pas grand-chose, répondit-elle, sarcastique.

Son regard dévia vers Connor et Zane, et elle laissa échapper une grimace.

— Je ne savais pas que l'on faisait venir les coupables sur les scènes de crime, murmura-t-elle, amère.

Alisa se tourna vers les deux hommes dont les mines s'étaient rembrunies suite à la remarque.

— Marie, je te présente Messieurs O'Dea et Fahey, nos nouveaux consultants du programme d'intégration, expliqua-t-elle. Messieurs, Marie Dubois, notre légiste.

Marie fronça les sourcils.

— Ce fichu programme… souffla-t-elle, agacée.

La lieutenante poussa un bref soupir avant de s'adresser à eux.

— Cherchez aux alentours si vous voyez quelques éléments comme des traces de sang, des morceaux de vêtements, des cheveux ou quoi que ce soit d'autre qui aurait pu échapper à une vision humaine, ordonna-t-elle.

Connor et Zane acquiescèrent silencieusement, puis s'éloignèrent de la lieutenante et surtout de la légiste, qui les fusillait du regard. Les deux vampires n'étaient finalement pas mécontents de mettre de la distance entre eux et le cadavre dont l'odeur commençait sérieusement à leur donner la nausée.

— Allez, murmura Connor, le cœur au bord des lèvres. On fait ce pour quoi on est là !

Serrant les dents, Zane acquiesça. Les deux amis, tendus comme jamais ils ne l'avaient été, se mirent à inspecter la scène de crime à la recherche d'éléments. Veillant à ne pas écraser les preuves déjà indiquées par les balises jaunes, ils se frayèrent un chemin parmi les nombreux policiers travaillant sur les lieux. Après quelques minutes de recherches minutieuses, Connor aperçut, à quelques mètres de lui, un minuscule éclat rouge dans un fourré bordant les premiers arbres de la forêt. Il s'approcha, suivi de Zane, et découvrit une goutte de sang dissimulée par les feuilles et l'herbe. Maintenant plus proches du bois, un étrange sentiment s'empara des deux hommes. Plusieurs minutes furent nécessaires pour que Zane mette le doigt sur le problème.

— L'odeur, chuchota-t-il à l'attention de Connor.

Son ami hocha la tête, mais n'eut pas le temps de confirmer de vive voix. Un policier en uniforme, l'air furieux, s'approchait d'eux.

— Vous faites quoi ? questionna-t-il agressivement.

Voyant que les deux hommes, accroupis près d'un buisson, observaient quelque chose, il pencha la tête et aperçut alors la minuscule goutte de sang.

— Lieutenant chef, appela-t-il d'une voix rocailleuse accompagnée d'une forte odeur de tabac.

La lieutenante, toujours avec la légiste, leur jeta un coup d'œil avant de se diriger vers eux.

— J'ai trouvé du sang, s'exclama l'agent, lorsqu'elle arriva à leur niveau.

Connor ouvrit la bouche, prêt à protester, mais se ravisa quand Zane secoua la tête. Il lança un regard interrogateur à son ami, qui lui répondit d'un haussement d'épaules. Alisa s'agenouilla pour observer la tache d'hémoglobine, puis fronça les sourcils en direction du policier. Elle se leva et détourna son regard de l'homme pour observer la forêt.

— Il y a peut-être d'autres traces de sang dans cette direction… déclara-t-elle. Bien, c'est du bon travail ! Fouillez entre les arbres et trouvez-en moi d'autres, ajouta-t-elle.

— Merci, Lieutenant, j'y vais de… commença le policier en souriant.

— Ce n'est pas à vous que je m'adressais, Briand, le coupa-t-elle en se tournant vers les deux vampires. Continuez comme ça, et je pense que nos enquêtes se porteront bien, leur dit-elle en souriant.

— Pour si peu ? marmonna le policier.

— Ça ne semblait pas vous déranger lorsque vous pensiez qu'il s'agissait de vous, assena-t-elle sèchement. Plutôt que de chercher à vous approprier le travail des autres, faites le vôtre et allez chercher un appareil photo.

— Comment pouvez-vous savoir que ce n'est pas moi qui l'ai trouvée ? demanda Briand, mécontent.

— Vous souhaiteriez me faire croire que vous avez réussi à trouver une si petite goutte de sang, seul ? De plus, ces hommes sont mes nouveaux consultants, il est évident que je garde un œil sur eux. Je les ai vus bien avant que vous ne les rejoigniez. Maintenant, allez chercher cet appareil photo, ordonna-t-elle.

— Mais… insista-t-il.

— Je n'ai pas l'intention de me répéter encore une fois, le coupa-t-elle, le regard sévère.

Il s'éloigna, tête baissée, et Alisa soupira. Connor hésita à se lancer devant l'air agacé de sa supérieure.

— Lieutenant… Vous devez savoir quelque chose, l'informa-t-il.

La lieutenante se tourna vers lui.

— Qu'est-ce que c'est ? questionna-t-elle.

— Hum… L'odeur de sang est bien trop forte pour une seule victime, dit-il, mal à l'aise.

Alisa fronça les sourcils.

— Vous pensez qu'il y a un autre corps ?

Connor et Zane échangèrent un regard.

— Plus qu'un autre… répondit Zane.

Connor lorgna derrière l'épaule de la lieutenante, qui suivit son regard. Sans attendre, elle se dirigea à travers les arbres, et les deux hommes lui emboîtèrent le pas. Alors que l'odeur leur semblait de plus en plus forte, ils débouchèrent sur une petite clairière dont la vue leur coupa le souffle. Plus d'une dizaine de corps étaient étalés les uns sur les autres, tous portants sur eux la même trace de l'arme du crime : les canines d'un vampire.

— Je crois que la journée va être longue, murmura Alisa d'une voix catastrophée.

ÊTRE À SA PLACE

Alisa gardait les yeux rivés sur la cravate de son patron nouée avec précision, comme chaque jour. Après l'avoir fait appeler dans son bureau, Marc Dumont, directeur du B.E.V, avait reçu un coup de téléphone, et la jeune lieutenante attendait patiemment qu'il termine sa conversation. Si Alisa avait de bons rapports avec son chef, elle n'aimait pas pour autant se retrouver dans son bureau. Les mauvais souvenirs de ses débuts dans la police où son supérieur précédent l'appelait sans cesse pour des raisons bidon qui se transformaient en réflexions déplacées à peine la porte du bureau refermée.

Lorsqu'il raccrocha, elle leva les yeux vers lui.

— Collet, s'exclama Dumont après avoir posé le combiné du téléphone. Comment s'est passée votre première approche avec nos deux nouveaux consultants ?

— Bien. Pour un début, ils s'en sont très bien sortis, répondit-elle d'un ton neutre. Cependant, je pensais qu'il n'y en aurait qu'un seul. D'où vient le second ?

Dumont soupira bruyamment et s'assit sur son fauteuil.

— Il était prévu que nous ayons deux consultants dans notre bureau, expliqua-t-il. Connaissant les différentes équipes, je ne voulais les imposer à personne. Éviter les conflits est essentiel. Honnêtement, vous êtes la seule que ça ne dérangeait pas d'avoir un vampire pour consultant. Alors je me suis dit… Pourquoi vous ne prendriez pas les deux ?

Alisa haussa un sourcil, puis soupira à son tour.

— D'accord, dit-elle en se levant.

— Où allez-vous ? demanda Dumont.

— Travailler ? répondit-elle, faussement interrogative.

— Évidemment, dit-il en hochant la tête, les sourcils froncés.

Alisa sortit du bureau vitré et considéra Connor et Zane, qui, restés à l'écart, l'attendaient en faisant semblant de ne pas remarquer les regards méprisants qu'ils attiraient sur eux. Elle souffla d'agacement, secoua la tête puis se dirigea vers eux d'un pas déterminé.

— Messieurs, leur dit-elle en les invitant d'un geste à la suivre.

Ils se dirigèrent vers l'un des grands bureaux de l'open space. Alisa retira sa veste et la posa sur le fauteuil. De l'autre côté du bureau, un homme que Connor et Zane n'avaient pas encore rencontré leva les yeux vers eux avant de faire une grimace.

— Matt, voici Connor O'Dea et Zane Fahey, nos nouveaux consultants, les présenta Alisa. Messieurs, voici le lieutenant Mathieu Maltais, mon coéquipier. Vous serez amenés à travailler ensemble régulièrement.

Le lieutenant Maltais fit une nouvelle grimace, et Zane fronça les sourcils. La lieutenante prit place dans son fauteuil en fixant son collègue d'un œil agacé.

— Agent Akhrif, appela-t-elle en se retournant vers un homme qui passait à proximité. Trouvez des chaises pour ces messieurs et ramenez-les-nous, s'il vous plaît.

L'agent en question s'exécuta, non sans soupirer bruyamment. Une fois les chaises apportées, Zane et Connor s'installèrent sur les côtés des bureaux des deux lieutenants. Ils restèrent un instant silencieux. D'un geste nerveux, Connor triturait ses mains en lançant des regards angoissés vers la lieutenante qui, les yeux rivés sur son ordinateur, ne semblait plus faire attention à eux. Derrière le second bureau, Mathieu Maltais regardait les deux vampires, l'air dégoûté.

Alisa ignora le comportement de son collègue, prit un calepin et commença à y noter des noms ainsi que plusieurs adresses.

— Bon, notre première victime est toujours inconnue, mais parmi les dix-sept autres, nous avons cinq noms. Mathieu, tu te charges de contacter la famille de celle-ci. Monsieur Fahey va t'accompagner, décida-t-elle en lui tendant un bout de papier arraché de son calepin.

Mathieu se redressa sur son siège en poussant un juron. Alisa et les deux vampires se tournèrent vers lui.

— Un problème ? demanda la lieutenante d'un ton sévère, en fronçant les sourcils.

Son collègue secoua la tête en prenant le bout de papier, mais son regard était révélateur du fond de ses pensées.

— Monsieur O'Dea, vous serez avec moi, informa-t-elle.

Alisa se leva, suivie de Mathieu et des consultants.

— L'équipe d'Alan se charge des trois victimes connues restantes, ajouta-t-elle.

— Une deuxième équipe sur cette affaire ? interrogea Matt.

— Dix-huit victimes, rappela Alisa en attrapant ses affaires.

Le lieutenant acquiesça en soupirant. Il se tourna vers Zane et, avec un regard écœuré, l'incita à le suivre. Les deux hommes s'éloignèrent tandis qu'Alisa récupérait ses affaires.

— Bien, Monsieur… commença-t-elle avant de faire la grimace. Je peux vous appeler par votre prénom ? Les « Monsieur » à tout bout de champ vont finir par m'agacer.

— Bien sûr, aucun problème, confirma Connor avec amusement.

— Parfait ! Dans ce cas, appelez-moi Alisa, décréta la lieutenante en se dirigeant vers la sortie.

Alisa pénétra dans la zone pavillonnaire en jetant un œil à son GPS. Le numéro six de l'avenue n'était plus très loin. Le trajet entre Bordeaux et Mérignac s'était effectué dans un silence religieux, et Connor semblait tout juste reprendre le fil.

— Nous allons voir la famille de la victime, c'est bien ça ? demanda-t-il.

Alisa hocha la tête. Elle repéra la maison et mit son clignotant pour se garer. Une fois son créneau effectué, la lieutenante sortit de la voiture, et Connor l'imita. Il la suivit dans l'allée, et à mesure que leurs pas les rapprochaient de la porte, il sentit sa gorge se serrer. Le vampire observa Alisa qui appuyait mécaniquement sur la sonnette. Ils n'eurent pas longtemps à attendre, une femme leur ouvrit.

— Madame Livoli ? interrogea immédiatement Alisa d'une voix douce.

La femme dévisagea la lieutenante.

— Oui, vous êtes ? répondit-elle, sur la réserve.

— Lieutenant chef Collet, du B.E.V de Bordeaux, se présenta-t-elle. Et voici mon Consultant, Monsieur O'Dea. Nous souhaiterions vous parler de votre fille.

Un homme se planta derrière la femme qui avait ouvert la porte. Il plaça une main sur son épaule tandis qu'elle commençait à pâlir.

— Que souhaitez-vous nous dire au sujet de Marie ? demanda l'homme.

Connor lança un regard anxieux en direction d'Alisa. Les mots qu'elle allait prononcer briseraient à jamais ce foyer. Il s'était attendu à ce genre de situation, mais les vivre était tout autre. Sa gorge lui faisait un mal de chien, et ses yeux s'humidifiaient dangereusement.

— Je suis désolée, murmura Alisa. Votre fille a été retrouvée morte ce matin. Je vous présente mes condoléances.

La mère de la victime laissa échapper un sanglot bruyant avant de s'écrouler au sol. L'homme s'agenouilla immédiatement et la prit dans ses bras. Connor sentit ses mains trembler et les colla contre ses hanches pour les cacher. Alisa lui lança un regard qu'il ignora, peu désireux de montrer ses émotions à sa supérieure.

— La situation va être difficile, reprit Alisa. Mais les indices indiquent qu'il s'agit d'un meurtre. Je vais avoir besoin de vous poser quelques questions.

L'homme hocha la tête, puis aida la femme à se lever.

— Je vous en prie, entrez, dit-il en la soutenant.

Alisa passa la porte, suivie de Connor. L'homme les conduisit dans un salon moderne où de nombreuses photos de la victime étaient présentes. Il aida la femme à s'y installer. Les yeux remplis de larmes et le teint pâle, elle semblait au bord de l'évanouissement.

À peine assise, Alisa débuta son interrogatoire. Connor l'observa agir avec une aisance forcée.

— Vous êtes Monsieur Livoli ? demanda-t-elle.

— Non, Emilio est reparti en Italie il y a cinq ans, répondit la mère de la victime en reprenant ses esprits. Le divorce n'étant pas prononcé, je porte toujours son nom. Jérôme est mon compagnon, ajouta-t-elle en désignant l'homme.

Alisa hocha la tête et sortit un calepin d'une poche de sa veste.

— Vous avez un numéro pour le joindre ? s'enquit-elle.

Madame Livoli acquiesça et le lui dicta.

— Comment étaient vos relations avec votre fille ? continua la lieutenante, une fois les informations notées.

Connor examina la femme dont le pouls venait soudainement d'accélérer.

— Fusionnelles. Ma fille et moi étions fusionnelles, déclara-t-elle, la voix entrecoupée de sanglots.

— Quand est-ce que ça a changé ? demanda Connor.

Alisa tourna la tête vers lui, surprise. Le vampire se demanda si son intervention n'était pas une erreur, mais la lieutenante se tourna à nouveau vers la mère de la victime dans l'attente d'une réponse. Connor dévia son regard vers le couple et s'aperçut soudain qu'ils le toisaient avec haine. Il se repositionna sur le canapé, gêné. Voyant leur réaction, Alisa fronça les sourcils.

— Veuillez répondre à la question, s'il vous plaît, dit-elle.

Madame Livoli détourna les yeux de Connor et baissa la tête.

— Il y a environ deux ans, nos points de vue se sont mis à diverger, dit-elle simplement.

Puis, voyant le regard d'Alisa, elle ajouta :

— Ma fille a rejoint une association d'aide à l'insertion des vampires.

— Vous étiez contre ? demanda la lieutenante qui, au vu de leur attitude, se doutait de la réponse.

— Oui, je… Vous ne pourrez peut-être pas me comprendre, mais je ne peux que haïr les vampires pour ce qu'ils ont fait par le passé.

— Je vous comprends, murmura Alisa.

Connor baissa la tête et serra les poings.

— Cette association, vous connaissez son nom ? demanda la lieutenante.

— Oui, bien sûr. J'ai mené mon enquête quand elle l'a rejointe. Elle s'appelle *La décence pour tou*s.

Alisa écrivit le nom sur son calepin, puis se tourna vers le dénommé Jérôme.

— Monsieur ? interrogea-t-elle.

— Dubron, répondit l'homme.

— Monsieur Dubron, depuis combien de temps étiez-vous entré dans la vie de Marie ?

L'homme se redressa et prit quelques secondes de réflexion.

— Je dirais environ trois ans, dit-il.

— Comment étaient vos relations avec elle ?

— Hum, pendant les premiers mois, très compliquées, mais nous avions trouvé un terrain d'entente.

— Et quel était ce terrain d'entente ?

— Je faisais ma vie dans mon coin, et elle, la sienne de son côté, expliqua-t-il avec gêne.

Après encore quelques minutes de questions, Alisa se leva. Connor en fit de même, pressé de sortir de cette maison où les regards devenaient de plus en plus pesants.

— Je vous remercie pour vos réponses, vous serez contactés dans la journée pour confirmer l'identification du corps, leur annonça la lieutenante.

Alors qu'elle et Connor se dirigeaient vers la porte, raccompagnés par Monsieur Dubron, la voix de Madame Livoli retentit.

— Vous êtes du B.E.V… Ce meurtre… Le meurtre de mon enfant a-t-il été commis par un vampire ? demanda-t-elle, un nouveau sanglot dans la voix.

— Les indices le laissent penser, répondit Alisa.

— Et vous laissez l'un des leurs enquêter ? questionna-t-elle d'une voix soudainement haineuse.

— Je vous présente une nouvelle fois mes condoléances, se contenta de répondre la lieutenante avant de sortir.

Connor la suivit, presque au pas de course, non content de quitter les lieux. Ils montèrent dans la Renault dans un silence religieux. Alisa démarra et s'empressa de quitter sa place. Une fois hors de la zone pavillonnaire, Connor laissa échapper un soupir.

— On était tendu ? lui demanda Alisa en souriant.

Le vampire tourna la tête vers elle, mal à l'aise. Remarquant son sourire, il relâcha la pression.

— Oui, confirma-t-il. Vous qui voyez ça souvent, vous devez trouver ça un peu ridicule…

La lieutenante haussa les épaules, et son sourire se fit plus triste.

— Annoncer le décès d'une personne à ses proches n'est jamais chose facile, expliqua-t-elle. Et honnêtement, je n'ai aucune idée de ce que cela fait de se faire traiter comme un criminel par ces mêmes personnes. Donc… ridicule, je ne pense pas. Il aurait été plutôt étrange de ne pas être tendu.

Connor se détendit un peu plus mais ne relâcha pas ses poings qu'il avait instantanément fermés en entrant dans la voiture.

— Je suis désolé, murmura-t-il.

Alisa lui adressa un bref regard.

— À quel propos ? questionna-t-elle en fronçant les sourcils.

— J'ai remarqué un changement dans les battements de son cœur et j'ai cru pertinent de poser une question. Je vous prie de m'excuser pour cette prise d'initiative.

La lieutenante laissa échapper un petit rire. Connor tourna la tête vers elle, surpris.

— J'ai dit quelque chose de drôle ? demanda-t-il, perplexe.

— Cette question était pertinente, vous avez bien fait de la poser, le rassura-t-elle. Vos capacités en tant que vampire sont utiles, et c'est l'une des raisons pour lesquelles j'ai accepté votre présence dans mon équipe. Si votre initiative ne m'avait pas plu, croyez bien que je vous l'aurais fait savoir, public ou pas, ajouta-t-elle avec un sourire.

Connor l'imita et ne la quitta pas des yeux pendant quelques instants, un brin songeur. Alisa tourna brièvement la tête vers lui avant de se reconcentrer sur la route.

— Oui ? Vous avez quelque chose à me dire ? questionna-t-elle.

— J'espère que je ne vais pas vous manquer de respect, mais… Vous êtes très différente de la première image que vous donnez, expliqua le vampire en passant une main sur sa nuque, mal à l'aise.

La lieutenante fronça les sourcils en souriant à nouveau.

— Je veux dire… reprit-il. Ce matin, vous étiez plutôt…

— Froide ? Antipathique ? Désagréable ? proposa Alisa avec autodérision.

— J'allais dire distante, répondit le vampire, amusé. Vous étiez… très professionnelle, stricte et distante.

Alisa haussa les épaules en soupirant.

— Vous, vous expérimentez la vie d'un vampire dans un monde d'êtres humains, moi c'est celle d'une femme dans un monde d'hommes, expliqua-t-elle. On ne devient pas lieutenant chef en courbant l'échine. Je dois être sévère et faire comprendre à tous les machos qui me servent de collègues que je suis à même de faire ce boulot.

Alors que Connor s'apprêtait à répondre, Alisa se stationna sur un trottoir où des manifestants brandissaient panneaux et banderoles à la vue des passants.

— Ce matin, sur la scène de crime, vous auriez dû me dire que c'était votre découverte, déclara-t-elle. En tant que femme, je dois montrer que j'ai ma place parmi les hommes. En tant que vampire, vous devez montrer que vous avez votre place parmi les humains. Vous ne devez pas craindre d'être détesté, vous avez juste à agir comme n'importe qui. Faites vos choix, assumez-les et montrez à quiconque en douterait que vous êtes là où vous devez vous trouver.

À peine avait-elle fini de parler qu'elle déboucla sa ceinture et sortit de la voiture. Connor la regarda faire, encore interloqué par sa tirade. Il la suivit du regard à mesure qu'elle se dirigeait vers les manifestants. Chaque mot qu'elle avait prononcé l'avait touché en plein cœur, et il peinait à reprendre ses esprits. Lorsque, presque arrivée vers les protestataires, la lieutenante se retourna, elle lui fit un geste de la main, l'incitant à sortir de la voiture. Le vampire hocha distraitement la tête et, mécaniquement, ouvrit la porte pour sortir. Il la rejoignit en quelques enjambées.

— Une épreuve difficile vous attend, murmura-t-elle d'un air sérieux.

En levant les yeux, Connor vit les manifestants et leurs regards mauvais posés sur lui. Plus précisément sur sa médaille. Il lut alors les panneaux et banderoles.

« Le programme d'intégration est une abomination »

« Les monstres ne méritent pas la citoyenneté »

« Les suceurs de sang tueront vos enfants »

La gorge du vampire se serra douloureusement. Il se tourna vers Alisa, qui arborait un sourire qui se voulait rassurant. Elle lui indiqua du menton l'un des panneaux.

« À mort « La décence pour tous » »

— C'est le nom de l'association dont faisait partie Marie, remarqua Connor à voix basse.

— Exact, acquiesça la lieutenante. Je crois que quelques questions sont de rigueur. Vous voulez tenter le coup ?

Connor se tourna vers les manifestants.

— Je suis juste derrière vous, lui assura-t-elle.

Le vampire s'avança vers le groupe en colère avec une démarche qu'il espérait affirmée, Alisa sur les talons. Arrivée devant eux, elle sortit son insigne, et Connor dégaina son badge de consultant.

— Lieutenant chef Collet du B.E.V, se présenta Alisa avant de se tourner vers son équipier.

— Connor O'Dea, consultant pour le B.E.V, se présenta-t-il à son tour. Nous avons quelques questions à vous poser.

Les membres du groupe se tournèrent immédiatement vers Alisa.

— À quel sujet ? demanda l'un d'eux, un homme costaud au regard aussi sombre que le noir de ses vêtements.

Alisa resta volontairement muette, et Connor comprit qu'elle attendait qu'il prenne la parole.

— Est-ce que le nom de Marie Livoli vous dit quelque chose ? demanda le vampire d'une voix qu'il tenta assurée.

Les manifestants ignorèrent la question. L'homme costaud garda son regard ostensiblement braqué sur Alisa, attendant visiblement que ce soit elle qui pose la question. La lieutenante ne prononça pas un mot, et un silence entrecoupé de bruits de moteur s'installa. Devant le manque de réaction d'Alisa, il fronça les sourcils. Connor, lui, sentait son peu de confiance disparaître, et il aurait souhaité que l'une des voitures qui circulaient l'emmène loin de cette situation qui l'angoissait terriblement. Contre toute attente, le manifestant soupira et prit la parole en gardant néanmoins son regard tourné vers la lieutenante.

— Marie Livoli est membre de *La décence pour tous*, une association voulant intégrer les vampires à notre société. Nous avons régulièrement des altercations avec elle et son équipe. Comme vous pouvez le constater, nos valeurs sont très éloignées, expliqua-t-il en indiquant leurs panneaux et banderoles du menton. Pourquoi vous souhaitez savoir ça ?

— Marie Livoli a été retrouvée morte ce matin, annonça Alisa d'une voix sèche.

Plusieurs manifestants poussèrent quelques exclamations surprises.

— Et elle n'était pas seule, ajouta-t-elle. Simon Bertrand, Maëva Leroy... Ces noms vous sont-ils familiers ?

L'homme hocha lentement la tête tandis que, derrière lui, plusieurs personnes acquiesçaient également.

— Ils étaient tous membres de l'association... murmura-t-il avant d'ajouter d'une voix horrifiée : Vous ne croyez tout de même pas que nous sommes des suspects ?

— Vos slogans pourraient le laisser penser, notifia Alisa.

L'homme se balança d'une jambe à l'autre, mal à l'aise. La lieutenante lui lança un regard glacial.

— Je vais prendre les coordonnées de chacun d'entre vous et vous serez contactés dans les prochains jours pour interrogatoire, déclara-t-elle. Veuillez ne pas quitter la ville tant que l'enquête ne sera pas résolue.

Après de longues minutes d'angoisse pour Connor, Alisa nota le dernier numéro de téléphone sur son calepin. Une fois l'opération terminée, ils se dirigèrent vers la voiture pour rentrer au bureau.

Alors qu'ils arrivaient, le téléphone d'Alisa sonna. Sur l'écran multimédia de la voiture s'afficha l'identité de l'interlocuteur. D'une pression du doigt sur un bouton du volant, la lieutenante décrocha.

— Alors, Matt ? Qu'est-ce que tu as pu découvrir ? demanda-t-elle d'emblée.

— Charles Carpentier faisait partie de l'association *La décence pour tous*, répondit Mathieu.

— Marie aussi, lui annonça Alisa. Sur le chemin du retour, nous avons croisé des manifestants antivampires. Après quelques questions, j'ai pu confirmer que nos autres victimes connues étaient elles aussi membres de l'association.

— Donc ce sont des meurtres ciblés, constata Matt.

— Sans doute, mais ne mettons pas encore de certitude à nos déductions, calma la lieutenante. Attendons les rapports de l'équipe d'Alan. Je vais également faire convoquer les manifestants. Autre chose ?

— Charles était un ami proche d'un vampire dénommé Mahdi, mais d'après ses parents, ils ont eu une dispute récemment, déclara Matt.

— C'est une piste à creuser. Tu as les coordonnées ? lui demanda-t-elle.

— Oui, répondit Matt

— Contacte-le et essaye de le voir, le manda Alisa.

Elle entendit le ricanement de son coéquipier à travers les haut-parleurs de la voiture.

— Déjà fait. Il prétend qu'il n'est pas chez lui aujourd'hui, mais nous invite à passer le voir dès demain, répondit-il.

Alisa sourit, un air amusé se peignant petit à petit sur son visage.

— Oh… Bébé lieutenant devient grand, se moqua-t-elle gentiment.

À peine avait-elle fini sa phrase que la communication se coupa.

— Aucun sens de l'humour, soupira la lieutenante d'une voix faussement lasse où transparaissait un sourire.

À côté d'elle, Connor laissa échapper un rire. Alisa l'observa du coin de l'œil

— Il y en a au moins un que ça amuse, murmura-t-elle en souriant.

Une fois arrivée devant le B.E.V, Alisa entra sur le parking et gara la voiture. Elle sortit, suivie par Connor, et ensemble, ils pénétrèrent dans le bâtiment. Les agents s'affairaient dans l'open space surpeuplé, mais lorsque le vampire fit son apparition, certains d'entre eux s'arrêtèrent dans leur tâche pour l'observer sans aucune discrétion. Connor resta un instant surpris, puis, voyant la lieutenante continuer sa route, il la suivit en essayant de garder la tête haute. La femme se dirigeait vers son bureau lorsqu'elle aperçut son supérieur lui faire des signes. Elle changea alors de direction pour le rejoindre. Le directeur du B.E.V fit également signe à Connor, qui emboîta le pas de son équipière. L'homme les fit entrer dans son bureau avec un sourire. Alisa s'assit sur le fauteuil devant le bureau tandis que Connor resta debout, légèrement en retrait.

— Alors ! s'exclama Dumont, avec un enthousiasme exagéré. Monsieur O'Dea, votre première journée touche presque à sa fin, comment s'est-elle déroulée ?

Alisa haussa un sourcil circonspect face à la « bonne humeur » de son patron, mais ne fit aucun commentaire.

— J'ai déjà eu les retours du lieutenant Collet sur la première impression que vous lui aviez faite, mais j'aimerais vos impressions à vous, expliqua-t-il d'un ton amical.

Connor se redressa, mal à l'aise, en se demandant ce qu'Alisa avait bien pu dire au directeur. Il lui adressa un regard interrogatif, mais elle considérait son chef d'un air méfiant et ne lui accorda donc aucune attention.

— La journée s'est bien passée, répondit-il, sur la réserve.

— Merci de votre réponse, Collet bis, se moqua Dumont.

Connor fronça les sourcils sans comprendre, et Alisa sourit.

— Le lieutenant Collet ne répond généralement que par des phrases courtes et concises. Il semblerait que vous soyez du même acabit, expliqua le directeur. Vous êtes faits pour vous entendre.

Connor se détendit et sourit à son tour. Alisa lui lança un regard amusé avant de se tourner vers son chef.

— Autre chose ? demanda-t-elle.

— Non, répondit Dumont.

— Bien, dit la lieutenante en se levant.

Alisa quitta le bureau sans plus un regard pour le directeur, et Connor la suivit en bredouillant un au revoir. La jeune femme commença à se diriger vers son bureau avant de changer soudainement de trajectoire. Toujours sur ses talons, Connor la suivit jusqu'au bureau d'un homme plutôt grand, aux allures d'Apollon, qui sourit à l'approche de sa collègue. L'homme observa un instant le vampire, puis fit une moue peinée en direction d'Alisa.

— Ali, comment tu vas ? Je n'ai pas eu le temps de te parler que tu étais déjà partie ! s'exclama-t-il d'une voix exagérément déçue.

— Tu me connais, le boulot avant tout, répondit-elle en souriant.

Puis elle se tourna vers Connor.

— Alan, je te présente mon nouveau consultant, Connor. Connor, voici Alan, un ami d'enfance aujourd'hui collègue de travail.

— Alan Le Goff, le meilleur lieutenant du B.E.V, se présenta l'Apollon en tendant une main, le sourire aux lèvres.

— Meilleur lieutenant après moi, bien sûr, chuchota Alisa en se penchant vers le vampire.

Alan ricana. Connor sourit brièvement, puis saisit la main du lieutenant et la serra.

— Connor O'Dea, enchanté, se présenta-t-il à son tour.

— O'Dea ? C'est écossais ? demanda Alan.

— Irlandais, corrigea Connor.

L'Apollon mit la main sur le cœur en fermant les yeux.

— Ah, l'Irlande ! J'y suis allé une fois pour la Saint-Patrick, les meilleures vacances de ma vie. Ce pays est la perfection incarnée ! s'exclama-t-il, empreint de nostalgie.

Connor sourit sincèrement. Pour la première fois de la journée, il avait une conversation qui ne tournait pas autour de ce qu'il était.

— Vous y avez vécu ? demanda Alisa au vampire, soudain curieuse.

Alan se redressa et prit un air horrifié.

— Attendez, vous avez passé l'après-midi entière ensemble et vous vous vouvoyez encore ? demanda-t-il, sincèrement surpris. Alisa ! Toi, la si sociable, tu vouvoies encore ton nouveau collègue ! Connor, ça ne te dérange pas qu'Ali et moi, on te tutoie, n'est-ce pas ?

Connor secoua la tête dans un signe d'assentiment.

— Non, bien sûr que non, déclara-t-il en souriant.

— Bien, murmura Alisa en fixant Alan, amusée, avant de réitérer : Connor, as-tu déjà vécu en Irlande ?

À l'instant où le vampire s'apprêtait à répondre, un agent qui portait un gobelet de café le bouscula avec violence et renversa la boisson chaude dans son dos. Connor poussa une exclamation de surprise, et les regards se tournèrent vers eux. Alisa lança un regard noir à l'agent en question.

— On ne marche plus droit ? demanda-t-elle sèchement.

L'homme détourna le regard en levant les yeux au ciel.

— Hé ! s'exclama alors Alan avec colère. Le *lieutenant chef* Collet vous a posé une question, *agent* Marchand. Répondez ! ordonna-t-il en appuyant sur les mots lieutenant chef et agent.

L'agent leva les yeux vers Alisa, d'un air irrité.

— Je ne l'avais pas vu, veuillez m'excuser, marmonna-t-il à voix basse.

— Ce n'est pas auprès de moi qu'il faut s'excuser, s'agaça-t-elle devant le manège ridicule que menait l'homme.

— Toutes mes excuses, reprit l'homme en se tournant vers le vampire.

L'agent n'avait pas l'air particulièrement désolé, mais les regards braqués sur eux mettaient Connor mal à l'aise. Il préféra passer l'éponge.

— C'est bon, ce n'est rien, c'était un accident, dit-il pour temporiser la situation.

Alisa le dévisagea, soucieuse, mais ne protesta pas. Alan en fit de même, et l'agent s'éloigna, moqueur. Connor soupira à l'instant même où une voix brisait le silence qui s'était abattu.

— Alisa !

Matt se dirigeait vers sa collègue, l'air sérieux, Zane sur les talons.

— Oh, le casse-burnes est de retour, se plaignit Alan en soupirant bruyamment.

Alisa secoua la tête, désapprobatrice.

— Arrête avec ça, ordonna-t-elle.

— Tu veux rire ? râla Alan. Ce mec est insupportable ! Il m'a appelé environ dix fois pour me demander de vous transmettre les rapports de la journée. Je n'ai même pas encore eu le temps d'y jeter un œil moi-même.

La lieutenante leva les yeux au ciel au moment où son coéquipier approchait, accompagné de Zane. Connor jeta un œil curieux à son ami, qui semblait au bord de la crise de nerfs. Zane écarquilla exagérément les yeux en serrant la mâchoire.

— Alors ? demanda Mathieu en se tournant vers Alan.

L'Apollon se présenta brièvement à Zane, faisant de ce fait languir son collègue déjà à la limite de taper du pied.

— Je n'ai pas encore les rapports de mon équipe, répondit-il avec un sourire hypocrite. Je te les transmets dès que possible.

Matt lui adressa un regard noir, et Alisa le prit par les épaules.

— Récupère tes affaires et rentre chez toi, Matt, le calma-t-elle. Alan me les donnera en partant tout à l'heure, et je t'en apporterai une copie. Ça marche ?

Le jeune lieutenant acquiesça, et après un dernier regard déplaisant envoyé à son collègue ainsi qu'aux deux vampires, il rejoignit son bureau.

— Un véritable emmerdeur, recommença Alan.

— Il veut bien faire son boulot, c'est tout, le défendit Alisa. Ça fait à peine un an qu'il est dans ce service.

Alan sourit, ouvertement moqueur, avant de s'asseoir sur son fauteuil.

— Oui, évidemment, ironisa-t-il.

Après un soupir et une tape amicale, Alisa s'éloigna pour rejoindre Matt, suivie par les deux vampires. Elle vit son collègue quitter rapidement son bureau pour rejoindre la sortie. Il lui adressa un au revoir de la main, auquel elle répondit en souriant, puis il passa la porte. Alors qu'elle arrivait à son bureau, une agente qui apparemment attendait qu'elle arrive, se précipita vers elle et lui tendit une petite enveloppe.

— Ce que vous m'avez demandé ce matin, expliqua la femme avant de partir aussi rapidement qu'elle était arrivée.

Alisa lança un remerciement à l'agente qui déjà disparaissait derrière la porte des toilettes pour femmes. La lieutenante se tourna ensuite vers les deux vampires et leur sourit.

— Bien, Connor, c'était une bonne première journée, déclara-t-elle. Continue les initiatives, et on fera du bon travail.

Connor sourit à son tour, légèrement gêné par les compliments. À ses côtés, Zane l'observa, l'air fier de lui.

— Monsieur Fahey, je peux vous appeler Zane ? demanda la lieutenante. Et vous tutoyer ?

— Évidemment, acquiesça le vampire.

— Bien. Je n'ai pas eu l'occasion de te voir travailler, et il est très probable que Matt t'ait ignoré tout l'après-midi, donc je ne pourrai pas te féliciter pour l'instant, mais… dit-elle, son sourire s'agrandissant. J'ai remarqué quelque chose ce matin qui nécessitait d'être réparé avant que vous deux ne rentriez chez vous.

Elle leur tendit l'enveloppe qui lui avait été remise quelques secondes plus tôt. Connor s'en saisit et l'ouvrit. Il en sortit deux badges faits d'un plastique solide, bien plus professionnels que ceux qu'ils avaient en leur possession. Les deux hommes levèrent la tête vers la lieutenante, qui affichait toujours son sourire ravi.

— Messieurs, bienvenue au B.E.V !

EN SALLE D'AUTOPSIE

Alisa gara sa voiture sur le parking du B.E.V en fronçant les sourcils. La vieille Mazda Demio de son coéquipier s'y trouvait déjà malgré l'heure matinale. Une chose qui ne se produisait que lorsque Matt voulait parler au chef en toute discrétion. La lieutenante quitta son véhicule et se dirigea vers l'entrée du bâtiment.

À peine à l'intérieur, elle jeta un œil dans le bureau vitré de Dumont et soupira. Matt semblait mécontent, et le directeur écoutait avec patience ce qui s'apparentait à des plaintes. La jeune femme s'installa à son bureau et sortit de son sac les rapports des auditions des proches des victimes. La veille, elle avait passé plusieurs heures à les consulter avant de se décider à rentrer chez elle. Finalement, après en avoir déposé une copie à son collègue, qui en avait profité pour lui transmettre son propre rapport, elle avait continué la relecture des comptes-rendus, assise sur son canapé et équipée d'un plaid ainsi que d'un café froid, comme à son habitude. Les témoignages étaient plutôt similaires. Les victimes identifiées étaient connues de leur famille et amis comme étant des défenseurs de la cause des vampires, et elles étaient toutes membres de l'association La décence pour tous. L'idée qu'un vampire puisse tuer des défenseurs de sa propre cause semblait grotesque, mais aucune possibilité n'était à exclure aux prémices de l'enquête. Alisa soupira en les feuilletant rapidement et les jeta presque sur son bureau. La jeune femme savait pourquoi elle avait voulu entrer dans la criminelle, et ce qu'elle y trouverait. Pourtant, chaque nouveau crime était une déchirure. Elle se demandait encore pourquoi les êtres vivants passaient leur temps à s'entre-tuer. Quelques agents entrèrent dans l'open space au moment où Matt sortait du bureau. Alisa tourna la tête vers le directeur et le vit lui faire signe de s'approcher. Elle se leva et prit la direction du bureau de Dumont. En s'approchant, elle croisa son coéquipier qui lui adressa un vague bonjour, la tête baissée. La lieutenante lui répondit d'un ton méfiant en se demandant ce qu'il avait bien pu dire à leur supérieur pour avoir cet air penaud.

Alisa entra dans le bureau et s'installa sur le fauteuil faisant face à celui de Dumont. Le directeur s'assit, puis soupira longuement.

— Collet, il semblerait que ton coéquipier te soit diamétralement opposé, dit-il d'un ton las.

— Vous vous en apercevez seulement maintenant ? plaisanta-t-elle.

Son chef sourit vaguement avant de reprendre.

— Il n'accepte pas la présence de nos nouveaux consultants. Son retour sur Monsieur Fahey est une catastrophe, expliqua-t-il.

Alisa haussa un sourcil.

— Ça ne peut pas être si horrible, contra-t-elle en espérant avoir raison.

— Il le qualifie de suceur de sang psychopathe.

La lieutenante écarquilla les yeux en se redressant sur le fauteuil.

— Sérieusement ? demanda-t-elle.

Le directeur hocha la tête, l'air grave.

— Heureusement pour Monsieur Fahey, je sais que Maltais a une tendance à l'exagération dès que quelque chose ne lui plaît pas. Mais j'ai des comptes à rendre sur ce programme et, à moins que ce rapport soit vrai, je ne peux décemment pas transmettre une telle réponse.

— Que désirez-vous que je fasse ? s'enquit la lieutenante en soupirant.

— Ne le laissez pas seul avec eux, ordonna Dumont. Soyez toujours présente afin qu'il n'exagère pas ses propos.

— Rien que ça… maugréa-t-elle. Et vous souhaitez aussi que je couvre nos consultants avec un drap pour qu'il ne les voie plus ?

— Collet, pensez au bien-être de vos deux nouveaux collègues, adjura Dumont.

Alisa leva les yeux au ciel.

— Si vous y tenez, répondit-elle avant de se lever.

— Collet, la retint Dumont. Vous devez savoir qu'il souhaitait ne plus travailler avec eux. Et que lorsque j'ai expliqué que, tant qu'il serait votre équipier, il devrait faire avec, il a demandé à changer de partenaire.

La lieutenante fronça les sourcils et se tourna vers la vitre du bureau. Elle vit que Matt les épiait. Pris sur le fait, il baissa la tête vers l'écran de son ordinateur.

— Je lui ai dit que vous seriez décisionnaire, ajouta le directeur.

Alisa acquiesça et sortit du bureau, la tête basse, son humeur grandement affectée. Elle se dirigea à grandes enjambées vers son collègue. Arrivée devant lui, elle releva la tête et s'assit derrière son propre bureau.

— Demande rejetée, déclara-t-elle d'un ton sec.

Matt ne répliqua rien et garda les yeux rivés sur son rapport, comme un enfant que l'on gronde. Quelques minutes plus tard, alors que les deux équipiers gardaient le silence, le téléphone d'Alisa sonna. Elle l'attrapa et jeta un coup d'œil au nom qui apparaissait à l'écran avant de décrocher.

— Allô, Marie ? dit-elle après avoir pris l'appel.

Du coin de l'œil, elle aperçut Zane et Connor entrer dans le bureau.

— J'ai réalisé une première autopsie, hier soir, et je suis arrivée tôt ce matin pour une seconde, l'informa la voix de la légiste à l'autre bout du fil. Si tu peux passer d'ici quelques minutes, je t'expliquerai le peu que j'ai pu en tirer.

— Ok, j'arrive tout de suite, répondit Alisa.

Connor et Zane arrivèrent à son niveau et la saluèrent silencieusement. Alisa leur répondit d'un signe de tête et raccrocha le téléphone.

— Marie nous attend en salle d'autopsie, dit-elle abruptement en se tournant vers Matt, qui leva enfin la tête.

Devant l'attitude froide de la lieutenante, Connor et Zane lui jetèrent un regard surpris. Au même moment, Alan, qui venait d'entrer, approcha, tout sourire. Cependant en arrivant près d'Alisa, il fit la grimace.

— Ouh, c'est glacial par ici ! Qui me l'a mise en colère ? demanda-t-il en désignant la lieutenante. Il ne faut jamais faire ça, voyons. Elle se transforme en monstre !

Alisa soupira l'air agacé, et bien malgré elle, se tourna vers Matt.

— Évidemment, ça ne pouvait être que toi, se moqua Alan. Qu'est-ce que tu as fait ?

Le visage de Matt se ferma, et il commença à ranger son bureau sans répondre.

— Matt veut changer de coéquipière, voilà ce qu'il se passe, expliqua Alisa.

Alan écarquilla les yeux.

— Tu veux rire ? Tu es l'un des meilleurs lieutenants du B.E.V !

Matt claqua ses dossiers sur le bureau en fixant sa collègue.

— Je ne veux pas d'une équipière qui accepte des monstres pour consultants, cracha-t-il.

— Désolée de te décevoir, mais tu vas devoir me supporter encore longtemps, car ici, personne ne te veut dans son équipe à part moi, l'informa-t-elle.

— Je ne comprends pas pourquoi tu les as acceptés après ce que l'un des leurs a fait à ta mère, répliqua son collègue, sans prendre en compte sa remarque.

Alisa tapa du plat de la main sur son bureau. Connor et Zane tournèrent la tête vers elle, et Alan fronça les sourcils avec colère.

— Ça suffit ! s'exclama-t-elle, furieuse. Soit tu changes de comportement, soit je te dégage de mon équipe. Et contrairement à ce que tu espères, tu n'en rejoindras pas une autre car je m'arrangerai pour que tu finisses derrière un bureau de secrétaire à faire de la paperasse et à répondre au téléphone !

Matt accusa le coup, et sa mine se fit plus sombre. Il se leva brusquement et rejoignit l'ascenseur pour descendre en salle d'autopsie. Alan posa une main amicale sur l'épaule d'Alisa, qui ferma les yeux.

— Ça va ? demanda-t-il, inquiet.

La lieutenante hocha la tête, le visage malgré tout crispé. Elle prit son téléphone et le glissa dans la poche de son pantalon avant d'attraper sa veste. Puis, elle se dirigea à son tour vers l'ascenseur, suivie des deux vampires dont le malaise était perceptible à des kilomètres à la ronde.

L'ascenseur s'arrêta au sous-sol du bâtiment. Lorsque les portes s'ouvrirent, Connor et Zane découvrirent un long couloir carrelé. Alisa avança à grandes enjambées et ouvrit une porte en métal sur la droite. À l'intérieur, Marie, la médecin légiste, discutait avec Matt, qui semblait s'être calmé. À la vue de sa coéquipière, il détourna le regard et baissa la tête. Sans s'en préoccuper, Alisa s'approcha du corps sur la table.

— On en a combien, ici ? demanda la lieutenante en examinant le cadavre, le nez froncé.

— Cinq, répondit la légiste. On n'avait pas la place d'en prendre plus. La morgue de la criminelle en a six, et les sept restants sont au CHU. On était un peu perdu, je te l'avoue. Ce n'est pas tous les jours que l'on a dix-huit corps sur les bras.

Alisa hocha la tête, puis se posta aux côtés de la légiste.

— Alors ? Tu as quoi ?

— Tout d'abord, la mort remonte à environ deux jours pour les victimes que j'ai ici. Elles ne sont probablement pas mortes avec beaucoup d'intervalle. Les morts les plus éloignés ont une différence de deux heures maximum, je pense.

— Deux heures… Je doute qu'on ait affaire à une seule personne, remarqua la lieutenante en fronçant les sourcils.

— Ça c'est sûr, confirma Marie avant de continuer : Les tests n'ont pas détecté de drogue dans leur organisme, et le contenu de l'estomac des deux victimes que j'ai autopsiées ne contenait pas d'alcool. La criminelle doit m'envoyer des rapports en fin de matinée sur les autopsies qu'ils ont réalisées de leur côté. J'ai envoyé les moulages des trous laissés par les canines. Les résultats devraient me parvenir d'ici peu, mais c'est justement là-dessus qu'il y a quelques éléments un peu étranges.

La légiste se rapprocha de la victime et posa deux doigts à côté d'une marque de canine. Alisa et ses coéquipiers en firent de même, quand soudain Zane recula précipitamment en se couvrant la bouche, pris d'un haut-le-cœur. Tous se tournèrent vers lui. Voyant son ami malade, Connor fit à son tour quelques pas en arrière, sentant lui aussi son estomac jouer des siennes. Alisa laissa son regard aller de l'un à l'autre.

— Vous allez bien ? demanda-t-elle, soucieuse.

Les deux vampires hochèrent brièvement la tête.

— C'est normal, comme réaction. Si vous voulez sortir, vous pouvez, les rassura la lieutenante en leur souriant. On passe tous par là.

Matt s'approcha soudain du cadavre, l'air hautain. Alisa leva les yeux au ciel, puis reporta ensuite son attention sur la victime et attendit que Marie reprenne. La légiste déplaça ses doigts autour de la morsure tandis que les deux vampires restaient à distance respectable.

— Alors, ici tu peux voir que cette morsure est plutôt précise, mais celle-ci, indiqua-t-elle en posant son autre main à côté de la seconde trace de dents… Il y a un défaut. La trace n'est pas très nette, comme si le vampire avait ripé.

— Un vampire est précis, il ne se loupe pas à moins d'avoir très faim, et si c'était le cas, il l'aurait déchiquetée, fit remarquer Alisa.

— Il y a autre chose, la morsure a été réalisée post-mortem, ajouta la légiste.

La lieutenante leva la tête vers elle.

— Il l'a tuée avant de la mordre ? interrogea Matt.

Marie hocha la tête.

— Cause de la mort ? demanda la lieutenante.

— Les poumons des deux victimes que j'ai autopsiées étaient gorgés d'eau, annonça la légiste en écartant l'ouverture découpée au scalpel.

Alisa détourna le regard, dégoûtée par l'organe découvert. Matt quitta la pièce au pas de course sous les regards surpris de ses collègues. Un bruit de porte puis le son écœurant de quelqu'un qui vomit se firent entendre, et les deux vampires restés en retrait quittèrent à leur tour la pièce aussi vite que le lieutenant avant eux. Marie se tourna vers Alisa en fronçant les sourcils.

— Ça, c'est mon équipe, déclara la lieutenante en souriant.

La légiste pouffa légèrement.

— Et quelle équipe, ajouta-t-elle.

— Autre chose à me dire ? demanda Alisa en reprenant son sérieux.

— Les marques de canines sur la deuxième victime étaient toutes deux imprécises, et également post-mortem.

Marie s'éloigna et attrapa un feuillet sur un bureau, à l'écart. Elle revint vers Alisa et le lui tendit.

— Premier rapport que je peux te fournir, je vais continuer à autopsier les victimes restantes. Envoie un agent vers midi, je lui donnerai les comptes-rendus que la criminelle me transmettra.

La lieutenante acquiesça, puis sortit. Dans le couloir, Connor et Zane, accroupis, semblaient un peu remis de leur nausée. Ils se levèrent en voyant Alisa.

— Désolé, murmura Zane, contrit.

La lieutenante leur sourit amicalement.

— Vous n'avez pas à l'être, leur assura-t-elle. La première fois que j'ai vu un cadavre sur une table d'autopsie, j'ai fini dans les toilettes et j'y suis restée pendant une heure complète à espérer que la nausée disparaisse. Allez, on remonte. On a quelqu'un à interroger.

— Hum… Le lieutenant Maltais n'est pas sorti, informa Connor en fixant la porte des toilettes.

— Son ego a mal vécu la situation. Quand on sera en haut, il sortira et nous rejoindra comme si de rien n'était, expliqua Alisa en se dirigeant vers l'ascenseur.

Les deux hommes se jetèrent un regard avant de la suivre, non sans tourner une dernière fois la tête vers la porte des toilettes toujours close.

Quelques minutes plus tard, alors qu'Alisa rassemblait quelques affaires sur son bureau, Matt fit son apparition en sortant de l'ascenseur. Il s'approcha rapidement et attrapa sa veste posée sur le dossier de son fauteuil.

— On y va ? demanda-t-il à sa coéquipière.

Alisa acquiesça, et les deux collègues se dirigèrent vers la sortie du bâtiment, suivis de Zane et Connor.

— Akhrif ! appela la lieutenante en passant près d'un agent.

L'homme se retourna en fronçant les sourcils.

— Si je ne suis pas là avant onze heures, passez en salle d'autopsie récupérer les rapports auprès de Marie et notez-moi toutes les similitudes que vous y trouverez, ordonna-t-elle avant de sortir.

COURSE-POURSUITE

Le trajet en voiture jusqu'à la maison de Mahdi Hejoaka, l'ami de l'une des victimes, se fit dans un silence presque cérémoniel. Matt conduisait avec une tension palpable, et Alisa était bien décidée à ne pas lui faciliter la tâche. À l'arrière du véhicule, Zane et Connor étaient de plus en plus mal à l'aise. Les deux vampires gardaient les yeux rivés sur le paysage qui défilait par la fenêtre, peu désireux de prendre part à la guerre silencieuse qui se jouait entre les deux partenaires. La ville cédait la place à des champs bordés de fossés et à des petits bois défrichés quand Connor se décida à jeter un coup d'œil discret vers la lieutenante. Étonnamment, celle-ci semblait parfaitement détendue et jouait sur son téléphone. Sentant un regard sur elle, Alisa lança un coup d'œil à Matt avant de tourner la tête vers la banquette arrière. Croisant les yeux de Connor, elle lui adressa un sourire amical, puis reprit son jeu.

Après encore une dizaine de minutes de route, ils entrèrent dans la commune de Saint-Jean-d'Illac. Le calme de la circulation campagnarde sembla apaiser Matt, dont la conduite se fit plus souple et moins brusque. Après un coup d'œil sur son GPS, il tourna dans plusieurs rues avant de pénétrer dans l'une des nombreuses zones pavillonnaires de la commune. Il se stationna dans une voie et contempla une petite maison au jardin envahi de ronces. Alisa rangea son téléphone et sortit de la voiture. Elle s'avança dans l'allée où une vielle Clio était stationnée. La façade avant de la maison était composée de deux fenêtres, ainsi que de ce qui semblait être une porte-fenêtre. Toutes étaient volets fermés. Mathieu se dirigea vers la porte d'entrée sur le côté droit de la maison.

— C'est une blague ? Les portes c'est devant, pas sur le côté, se plaignit Alisa.

— Certaines maisons Phénix ont une porte sur le côté, expliqua son collègue. La maison de mes grands-parents est comme ça.

Les quatre équipiers s'avancèrent, et en constatant l'absence de sonnette, Alisa frappa à la porte. Sans réponse, elle réitéra.

— Lieutenant Collet du B.E.V, se présenta-t-elle en criant presque. Mon collègue vous a contacté hier pour vous poser quelques questions.

De nouveau, aucune réponse ne se fit entendre. Connor et Zane tendirent l'oreille en fronçant les sourcils.

— Alisa, murmura Zane. Il y a du bruit à l'intérieur.

Alisa sortit son arme, et Matt l'imita. La lieutenante frappa une nouvelle fois, un peu plus fort.

— Mahdi Hejoaka ! Veuillez ouvrir la porte, s'exclama-t-elle.

Soudain, Zane et Connor se retournèrent.

— Je crois qu'il s'en va ! s'exclama Connor.

Alisa courut vers l'allée hors de vue depuis la porte, Matt sur ses talons. Un homme tentait désespérément d'ouvrir sa voiture.

— Lieutenant Collet. Restez où vous êtes ! ordonna Alisa.

L'homme leva la tête en lâchant ses clés. Après un instant d'hésitation, il se mit à courir en direction de la rue. Alisa se lança instantanément à sa poursuite.

— Matt, prends la voiture ! cria-t-elle à son équipier.

Matt courut jusqu'à sa voiture et la démarra en trombe. Le suspect disparaissait au bout de la rue, Alisa et les deux vampires à ses trousses.

Suivant le fuyard, Alisa se fit rapidement dépasser par les deux vampires. Mahdi, l'homme qu'elle poursuivait, en étant un lui-même, elle savait qu'elle ne pourrait pas le rattraper. Il avait pris de l'avance, et Connor et Zane semblaient en moins bonne forme que lui. La voiture de Matt vrombit derrière elle, et alors qu'elle pensait que cela suffirait à arrêter l'homme à l'instant où son coéquipier lui coupait la route, celui-ci passa par-dessus d'un seul appui de bras avant de tourner dans la rue suivante.

Connor évita de justesse la voiture. Zane, emporté dans son élan, ne parvint pas à s'arrêter et percuta son ami avec violence. Alisa les contourna et s'engouffra dans la rue empruntée par le suspect. Tandis que Matt faisait une marche arrière pour se remettre sur la route, les deux vampires se relevèrent. La lieutenante, qui continuait sa course, vit le suspect tourner à droite dans la rue suivante. Observant elle-même sur sa droite, elle aperçut l'allée d'une maison qui donnait sur un jardin dont l'arrière était visible. Réfléchissant à toute vitesse, la jeune femme comprit alors que le chemin que prenait le vampire n'était qu'un immense tour du pâté de maisons. Il retournait chez lui. Alisa tourna donc brusquement dans l'allée et entra sur la propriété. Elle escalada le mur au fond du jardin pour passer dans le suivant et atterrit de l'autre côté avant de se remettre à courir. Une femme, qui y étendait son linge, poussa un cri, mais elle n'y prêta pas attention et franchit un second mur. La lieutenante voyait d'ici la maison du vampire. Elle accéléra pour franchir le dernier obstacle qui l'en séparait. Traversant le jardin du fuyard par l'arrière, elle repéra la fenêtre par laquelle il était sorti précédemment. Elle courut pour rejoindre l'avant et entendit des pas précipités dans la rue. Elle s'y rua et sauta sur l'homme qui franchissait le seuil de l'allée. Ils s'étalèrent sur le sol, mais dans un mouvement rapide, le vampire se releva. Alisa entendit le son de la voiture de Matt se stationner devant le fugitif, ainsi que les pas de course de Zane et Connor qui approchaient. Elle se releva à son tour et attrapa le fuyard par le bras avant de le lui tordre dans le dos. Elle le plaqua contre le capot de la voiture avec violence.

— Ce n'est pas moi ! hurla le vampire. Ce n'est pas moi, je ne l'ai pas tué !

Matt sortit de la voiture.

— Alisa ! Ça va ?

La lieutenante acquiesça, le souffle court.

— La prochaine fois, c'est moi qui prends la voiture, déclara-t-elle, la voix entrecoupée de respirations épuisées.

Matt s'esclaffa.

— D'accord, répondit-il.

Alisa observa avec dureté le vampire qui lui faisait face. Assis sur son canapé et sous la bonne garde de Matt, Mahdi, les mains sur son visage, pleurait à chaudes larmes. Connor et Zane restaient à l'écart, laissant la lieutenante mener son interrogatoire.

— Vous prétendez ne pas avoir tué Charles, alors pourquoi avez-vous fui ? questionna Alisa.

— Je… J'ai eu peur, balbutia Mahdi. Hier, quand j'ai reçu votre appel, j'étais sous le choc, je ne pouvais pas croire que Charles était mort. Je suis allé voir ses parents, juste après, ils m'ont dit qu'ils vous avaient tout raconté et que j'allais finir mes jours en prison.

— Dans ce cas, pourquoi ne pas vous être enfui plus tôt ? demanda Matt.

Alisa fronça les sourcils.

— J'ignorais ce qu'ils avaient bien pu vous dire, alors j'ai commencé à paniquer, expliqua Mahdi en relevant la tête. J'ai hésité toute la nuit à m'enfuir, et ce matin j'avais enfin pris la décision de rester, mais… Quand vous êtes arrivés et que vous avez frappé à ma porte, j'ai pris peur. Il n'est pas bon pour un vampire d'avoir un lien avec une victime de meurtre. La police n'est pas toujours très juste avec nous.

— Vous enfuir ne vous aide en rien, bien au contraire, l'informa Matt d'une voix sévère.

Le vampire baissa à nouveau la tête et ferma les yeux, où de nouvelles larmes faisaient leur apparition.

— Quel était votre lien avec la victime ? demanda Alisa.

— J'imagine que ses parents vous ont dit qu'il était uniquement mon colocataire, ou mon ami, tout au plus…

La lieutenante se remémora le rapport de son coéquipier.

— Effectivement, confirma-t-elle avant d'ajouter : Répondez à la question.

— Charles et moi n'étions pas amis, déclara le vampire dont la voix se brisa. Nous allions nous marier.

— J'imagine que ses parents n'étaient pas vraiment pour, supposa la lieutenante d'une voix adoucie. Quelle avait été leur réaction ?

— Ils étaient furieux. Ils l'ont prévenu que s'il faisait ça, ils le rayeraient de leur testament, répondit Mahdi. Charles n'en avait rien à faire. Il leur a simplement répondu qu'il les aimait et qu'ils étaient invités à la cérémonie.

Couvrant sa bouche avec sa main, le vampire tenta d'empêcher un sanglot de s'en échapper.

— Le mariage devait avoir lieu dans deux mois… murmura-t-il en laissant exploser sa tristesse.

Alisa lui laissa le temps de se calmer avant de reprendre.

— Étiez-vous au courant que Charles faisait partie de l'association *La décence pour tous* ? interrogea-t-elle en faisant abstraction des pleurs de l'homme.

Mahdi hocha la tête.

— C'est comme ça que l'on s'est rencontrés. Je… J'avais quelques problèmes pour trouver du travail et un appartement après que mes parents m'avaient jeté dehors, il y a deux ans. J'ai découvert cette association et j'ai rencontré Charles. Il m'a beaucoup aidé à faire face à mes problèmes et à les régler. Ça nous a beaucoup rapprochés.

— Cette maison est à vous ? questionna soudain Matt.

— Oui, Charles l'avait payée, mais il l'avait fait mettre à mon nom, murmura Mahdi.

Matt ouvrit la bouche pour poser une autre question, mais Alisa le devança.

— Connaissez-vous quelqu'un qui aurait pu en vouloir à Charles ? demanda-t-elle en jetant un regard agacé à son coéquipier.

Mahdi releva la tête vers la lieutenante.

— Je… Il s'était attiré des ennuis, il y a quelques semaines, expliqua-t-il. C'était d'ailleurs un sujet de dispute entre nous.

— Qu'avait-il fait ? interrogea Alisa.

— Charles détestait l'injustice et la méchanceté gratuite, mais même si c'est admirable, il réagissait toujours au quart de tour au mépris des risques. Un jour, un groupe d'antivampires s'en est pris à moi, et Charles s'est interposé. Quelques jours après, il m'a annoncé qu'il leur avait fait payer. Quand je lui ai demandé ce qu'il avait fait, il m'a juste dit qu'ils y réfléchiraient à deux fois avant de s'en prendre de nouveau à moi.

— Vous savez ce qu'il a fait ? demanda Matt.

— Non, mais il avait raison, ils ne s'en sont plus pris à moi une seule fois.

Alisa étudia le visage blême et trempé du vampire, puis se leva.

— Je vais vous demander de passer au B.E.V aujourd'hui pour faire des portraits-robots de vos agresseurs, dit-elle. Pour les besoins de l'enquête, je vous demanderai de ne pas quitter la ville.

La lieutenante prit la direction de la sortie, suivie par ses coéquipiers.

À peine dehors, Matt se posta devant Alisa.

— On ne l'embarque pas ? demanda-t-il, d'un air surpris.

— Pour quel motif ? lui demanda-t-elle.

Matt ouvrit la bouche pour répondre, mais la referma presque immédiatement et monta dans sa voiture. Une fois tous installés, il démarra.

— Alors, Matt ? Verdict ? demanda Alisa à son équipier.

— Je… Je ne crois pas qu'il soit l'assassin, répondit-il.

— Pourquoi ? continua la lieutenante.

— Je ne le vois pas commettre un meurtre de masse en noyant ses victimes. S'il avait été le meurtrier, un crime passionnel serait plus crédible.

Alisa hocha la tête.

— C'est un raisonnement correct, mais pas une certitude. Certaines personnes nous surprennent. Connor, Zane ? Un avis ?

— Hum… Ses battements de cœur correspondaient à ceux d'une personne angoissée, ou tout simplement à ceux d'une personne qui pleure. Ils ne nous apprendront rien. Je ne peux donc pas avoir d'avis.

Connor confirma les dires de son ami. Matt tourna brièvement la tête vers sa collègue.

— Toi non plus, tu ne le crois pas coupable, n'est-ce pas ? demanda-t-il.

— Exact, confirma Alisa.

— Et qu'est ce qui te fait penser ça ? questionna son coéquipier.

— L'instinct, répondit-elle avec un clin d'œil.

À peine arrivés dans le bâtiment du B.E.V, Alisa se dirigea vers son bureau et alluma son ordinateur. Elle ouvrit le traitement de texte et y nota ses impressions. Matt en fit de même sur son propre PC, et les deux vampires également, à l'écrit sur un calepin. Alisa leur expliqua rapidement ce qu'ils devaient y noter, puis se remit à son travail. Après une demi-heure, elle baissa les yeux vers l'horloge numérique en bas de son écran et vit qu'il était bientôt treize heures. Ce qui expliquait la faim qui commençait à lui tirailler sévèrement l'estomac. Comme s'il lisait dans ses pensées, Matt attrapa son téléphone.

— Je commande une pizza, dit-il.

Alisa approuva d'un sourire avant de le perdre en examinant son bureau. Les rapports qu'elle avait demandés à l'agent Akhrif n'étaient pas là. Elle leva la tête et chercha l'homme. Elle l'aperçut assis à un bureau, non loin d'elle, et l'appela.

— Akhrif ? Les rapports ? Où sont-ils ? lui demanda-t-elle.

— Quels rapports ? demanda-t-il, d'un air agacé.

— Les rapports que je vous ai demandé d'aller récupérer en salle d'autopsie, et votre compte-rendu des similitudes.

— J'ai oublié, j'irai les chercher après ma pause, répondit-il avec le même air.

Alisa se leva.

— Non, vous allez me les chercher maintenant ! ordonna-t-elle en haussant le ton.

L'homme se leva à son tour.

— C'est bon, Mademoiselle, je vais les chercher, déclara-t-il en singeant la voix qu'elle venait de prendre.

Alisa sentit ses joues s'échauffer sous la colère. Elle serra discrètement l'un de ses poings dans son dos. Derrière elle, Matt guetta sa réaction avec appréhension. Connor et Zane observaient également l'échange avec inquiétude.

— C'est LIEUTENANT CHEF, dit-elle, cinglante. Pas Mademoiselle. Et je vous en prie, AGENT Akhrif, retournez à votre pause. Vous n'êtes visiblement pas capable d'effectuer une tâche qui relève pourtant de votre fonction. Alors, la prochaine fois, je vous demanderai quelque chose qui sera plus dans vos cordes. Comme d'aller chercher le café.

L'agent scruta la pièce autour de lui et vit tous les regards tournés vers lui. Il s'empourpra et se rassit piteusement en fixant ses chaussures pendant qu'Alisa se dirigeait avec colère vers l'ascenseur.

RÉVÉLATION

Les rapports étalés sur son bureau, Alisa annotait les similitudes entre les victimes. Marie, la médecin légiste, lui avait annoncé en les lui remettant que les résultats ADN arriveraient probablement d'ici le lendemain, et que les victimes non-identifiées le seraient très bientôt. La lieutenante se concentrait donc sur les comptes-rendus des différentes autopsies. Depuis déjà plusieurs heures, elle lisait et relisait sans relâche les écrits des différents médecins légistes.

— Ce n'est pas vrai ! s'écria Matt, mécontent.

Alisa releva la tête vers lui en même temps que Zane et Connor, penchés eux aussi sur des rapports que la lieutenante leur avait confiés. Mathieu, qui venait de coller son bras dans une part de pizza froide, se leva.

— Ma chemise va être foutue ! Je reviens, déclara-t-il en se précipitant vers les toilettes.

La lieutenante sourit avant de replonger dans sa lecture. Zane en fit de même, mais Connor resta un instant à la fixer. Sentant son regard sur elle, Alisa se redressa à nouveau.

— Oui ? demanda-t-elle au vampire.

Zane leva la tête et se tourna vers la lieutenante, puis vers son ami.

— Non, ce n'est rien… murmura Connor, soudain mal à l'aise.

— Tu as quelque chose à me dire ? insista Alisa avec un sourire.

Connor hocha brièvement la tête.

— C'est de la curiosité mal placée, répondit-il. Mais… Ce que le lieutenant Maltais a dit ce matin…

Alisa se leva tout en gardant son sourire.

— J'ai besoin d'une pause, déclara-t-elle. Vous venez prendre un café avec moi ?

Les deux vampires acceptèrent. Ils se levèrent, puis la suivirent jusqu'à la salle de pause du poste. Alisa attrapa une capsule de café aromatisé qu'elle inséra dans la machine avant d'appuyer sur un bouton. En quelques secondes, le petit gobelet fut rempli. La jeune femme le prit et leur céda la place.

— Sachez que je suis flic. À mes yeux, la curiosité ne sera jamais un défaut. On ne peut pas être dans ce métier si on ne veut pas creuser dans ce qui nous intrigue, expliqua-t-elle. Ce que Matt a dit ce matin…

La lieutenante fit une pause, prise par l'émotion.

— Je ne veux pas que cela vous perturbe dans votre travail, alors je vais vous expliquer ce qu'il a voulu dire, reprit-elle. Je ne vais pas y aller par quatre chemins. Lorsque j'étais enfant, un vampire s'est introduit dans la maison de mes parents… Il a assassiné ma mère.

Choqués, Connor et Zane ne purent prononcer un seul mot.

— Matt a appris cette information par accident, et il est désormais persuadé que je suis folle de ne pas détester les vampires.

— Pourquoi tu ne nous détestes pas ? demanda Connor, le visage décomposé.

Alisa le considéra quelques secondes, puis sourit tristement.

— Pourquoi je détesterais toute une espèce pour ce que l'un d'entre eux a fait ? demanda-t-elle. Des vampires tuent des humains, des humains tuent des vampires. Dans notre monde, une espèce ne vaut pas mieux que l'autre. L'homme qui a tué ma mère est en prison, il purge sa peine, ça me suffit.

Zane et Connor s'entre-regardèrent.

— Merci, prononça finalement Connor d'une voix abîmée par l'émotion.

Alisa lui sourit amicalement.

— C'est pour ça que tu es entrée dans la police ? la questionna Zane.

La lieutenante se tourna vers lui et perdit son sourire.

— En partie… murmura-t-elle.

Les deux vampires l'observèrent, attendant qu'elle continue, mais elle n'en fit rien.

— Une prochaine fois, leur dit-elle en reprenant la direction de son bureau.

Connor et Zane la suivirent. Ne voyant pas Matt, Zane posa une autre question.

— Pourquoi ne pas être plus en colère contre le lieutenant Maltais ?

Alisa tourna la tête vers lui.

— Parce que c'est Matt, dit-elle en souriant à nouveau. Vous auriez dû le voir quand il a su qu'il allait devoir suivre les directives d'une femme. Un véritable gamin, buté comme un âne.

— Qu'est ce qui a changé ? questionna Connor.

— Après deux mois à lui faire subir les pires corvées, il a fini par comprendre que ce n'était pas lui qui décidait, déclara-t-elle, sadique.

Zane éclata de rire.

— Il est toujours plutôt insupportable, mais j'ai une confiance absolue en lui. La justice est sa priorité, et je sais que je peux mettre ma vie entre ses mains les yeux fermés.

Les deux vampires sourirent. En se rasseyant, Zane posa une dernière question à la lieutenante.

— Pourquoi Connor et moi, on n'a pas eu le traitement à la dure que vous réservez aux hommes qui travaillent avec vous ?

Alisa leur sourit.

— Vous ne m'avez donné aucune raison de le faire, expliqua-t-elle. Félicitations, vous êtes les premiers.

INTERROGATOIRE

La matinée avait à peine débuté, et pourtant, une dizaine de personnes patientait déjà sur les chaises réservées aux témoins et suspects. Mathieu Maltais observait avec angoisse les antivampires qui lançaient des regards haineux dans sa direction. Le lieutenant tourna la tête vers les deux consultants à sa droite et soupira.

— Allez vous asseoir plus loin, ordonna-t-il. Je ne veux pas que l'on m'associe à vous.

Connor baissa la tête, et Zane fit la grimace tout en lançant un regard noir en direction de Maltais. Alisa leva les yeux vers lui et soupira.

— Connor, Zane, les interpella-t-elle en se tournant vers eux. Suivez-moi, vous allez assister à votre premier interrogatoire.

La lieutenante et les deux vampires se levèrent, suivis par Mathieu.

— Tu nous suis, Matt ? Je croyais que tu ne voulais pas que l'on t'associe à eux, le coupa Alisa, dans son élan.

L'homme se rassit maladroitement en pestant.

— Oui, exactement. Je… Allez-y, je vous rejoins, marmonna-t-il.

Alisa secoua la tête en souriant, puis se dirigea vers un couloir, les vampires sur les talons. Plusieurs portes étaient réparties sur la longueur, et la lieutenante en ouvrit une. À l'intérieur, un miroir sans tain offrait une vue sur la salle d'interrogatoire peu éclairée. Au centre de cette dernière trônait une petite table entourée de deux chaises. La pièce où Alisa fit s'installer les consultants était pourvue d'un ordinateur auquel étaient reliés caméra et microphone pour enregistrer l'image et le son. Assis devant le PC, un agent du B.E.V attendait patiemment le début des interrogatoires pour commencer l'enregistrement. Il lança un regard anxieux vers les nouveaux arrivants, puis salua la lieutenante en souriant.

— Tout est prêt, lui annonça-t-il. On va pouvoir commencer.

Alisa hocha la tête.

— Bien, dit-elle avant de se tourner vers les vampires. Alors, vous pourrez voir et entendre, mais pas moi. Votre mission, noter des changements dans leur attitude qui pourrait orienter nos futures recherches.

Les deux hommes hochèrent la tête. La porte s'ouvrit derrière Alisa, laissant apparaître Matt.

— Je t'amène le premier ? demanda-t-il.

— Oui, répondit la lieutenante en sortant pour rejoindre la salle d'interrogatoire.

La jeune femme pénétra dans la pièce et attendit, debout, que son collègue arrive avec un premier suspect. Le manifestant qui avait répondu à ses questions la veille entra et se dirigea naturellement vers la chaise opposée à la porte. Le dos droit et les bras légèrement écartés, il cherchait à se donner une prestance intimidante. La lieutenante fronça les sourcils en prenant place sur la chaise restante. La vitre à sa droite, elle jeta un rapide coup d'œil vers le miroir qui lui renvoya une image bien frêle d'elle-même à côté de l'homme qui lui faisait face. Reportant son attention sur le suspect, elle attrapa le dossier que lui tendait Mathieu. Son collègue quitta la pièce en fermant la porte derrière lui.

— Bien, nous allons commencer par simple, vous allez me donner votre nom et votre prénom.

— André Poincare, répondit-il calmement.

Alisa enchaîna avec sa date de naissance, le nom de ses parents et d'autres informations basiques a priori sans grand intérêt. Ces demandes d'une simplicité enfantine n'étaient pourtant pas anodines. Les réactions du suspect à chaque nouvelle question et sa façon d'y répondre indiquaient à la lieutenante comment mener la suite de l'interrogatoire. André Poincare semblait avoir opté pour des réponses simples et concises, prononcées avec calme. Alisa écrivait ses réponses dans le dossier et annotait ses observations.

— Pouvez-vous me dire où vous vous trouviez dans la journée de dimanche dernier ? lui demanda-t-elle.

— Chez moi.

— Quelqu'un pourrait le confirmer ? continua Alisa.

— Ma femme.

— À quand remonte votre dernière altercation avec les membres de l'association La décence pour tous ?

— Environ une semaine.

— Étiez-vous seul ?

— Non.

Alisa retint un soupir face aux réponses de son interlocuteur.

— Qui était avec vous ? demanda-t-elle en gardant son calme.

— Des antivampires, comme moi.

— Leurs noms ?

— Amandine Lucas, Farid Lahbib et Antonin Herriot, énonça l'homme.

La lieutenante écrivit les noms.

— Quelles étaient les raisons de l'altercation ? s'enquit-elle.

L'homme resta silencieux.

— Ces altercations étaient-elles fréquentes ? enchaîna Alisa.

— Oui, répondit-il.

— Parmi toutes celles que vous avez eues, pouvez-vous me donner au moins l'une des raisons qui les provoquait ?

— Ils soutenaient les projets entrepris par les vampires.

— Quels projets ?

— L'ouverture de restaurants et boutiques tenus par des vampires.

Alisa nota sa réponse en réfléchissant distraitement à la prochaine.

— Pouvez-vous me dire quels membres de La décence pour tous étaient présents lors de votre dernière altercation ?

André Poincare avala sa salive.

— Marie Livoli et Baptiste, je ne connais pas son nom de famille. Les autres membres, je ne les connaissais pas.

Alisa se tourna vers la vitre, indiquant ainsi à Matt de chercher si le dénommé Baptiste faisait partie des victimes.

— Rappelez-moi quand elle a eu lieu ?

— Environ une semaine.

La lieutenante hocha la tête en écrivant dans le dossier, puis elle se leva.

— Mathieu, appela-t-elle en se tournant à nouveau vers la vitre. Bien, Monsieur Poincare. Nous en avons terminé pour l'instant. Je vous prierai de rester joignable dans les prochains jours.

L'homme acquiesça, et au moment où la porte s'ouvrit, il se leva pour rejoindre le lieutenant Maltais qui le reconduisit à la sortie. Alisa sortit de la salle et rejoignit les deux vampires. À peine une minute plus tard, Matt était de retour.

— Vois si Amandine Lucas, Farid Lahbib et Antonin Herriot font partie des suspects que l'on a fait venir aujourd'hui. Et si oui, ramène-moi l'un des trois.

Matt acquiesça et repartit aussitôt.

— Antonin Herriot… murmura Alisa. Herriot… Ça me dit quelque chose, ça.

— Marius, dit l'agent qui s'occupait des enregistrements.

— Pardon ? interrogea la lieutenante en se retournant.

— Marius Herriot. Il travaille avec Marie, au médico-légal.

Alisa se remémora l'équipe médico-légale.

— Ah oui, se rappela-t-elle. Il est analyste, c'est ça ?

L'agent confirma d'un hochement de tête. La porte de la salle d'interrogatoire s'ouvrit, et Alisa vit Matt faire asseoir le suspect. Il quitta la pièce et rejoignit la lieutenante.

— J'ai vérifié, pas de Baptiste dans les victimes identifiées. Mais nous n'avons pas encore les résultats ADN, donc pour l'instant, pas de certitude qu'il n'en fasse pas partie.

— On ne devrait pas tarder à les avoir, de toute façon, murmura Alisa, pensive. Bon, j'y retourne.

La lieutenante retourna dans la salle d'interrogatoire d'un pas rapide et s'assit en face du nouveau suspect.

— Nom et prénom ? demanda-t-elle de but en blanc.

Déstabilisé, l'homme bégaya sa réponse.

— Euh… Je… Antonin… Herriot…

Alisa le fixa intensément.

— Un lien de parenté avec Marius Herriot ? questionna-t-elle, sans conviction.

Le suspect baissa la tête.

— Je… C'est mon frère…

La lieutenante hocha la tête et nota l'information. Elle posa à nouveau les questions basiques avant d'enchaîner sur l'enquête. Les réponses étaient similaires à celle du précédent, hormis le fait qu'elles étaient entrecoupées et, parfois, presque incompréhensibles. À la fin de la matinée, il ne restait plus aucun suspect à interroger. Alisa et Mathieu s'étaient chargés d'une moitié, et l'équipe d'Alan de l'autre.

De retour à son bureau, Alisa y posa sa tête et poussa un profond soupir. Matt s'avachit sur son fauteuil, et les deux consultants s'installèrent plus convenablement à leur place.

— Raah… Je déteste les interrogatoires, soupira la lieutenante.

Mathieu acquiesça d'une sorte de grognement fatigué. Un bruit attira l'attention d'Alisa à côté d'elle, et elle se redressa. Alan lui offrait un grand sourire, des cafés à emporter d'un Starbucks dans les mains.

— Mélanie est allée chercher ça, qui en veut ? demanda-t-il.

Alisa en attrapa un et en prit presque immédiatement une gorgée avant de replonger la tête sur son bureau.

— Comment tu fais pour avoir encore de l'énergie ? marmonna-t-elle.

Alan lui fit un sourire éclatant.

— J'adore les interrogatoires, déclara-t-il.

— Tu es un grand malade !

— J'ai commandé japonais à emporter, je vais aller le chercher, annonça Alan. J'en ai pris tellement qu'il y en aura pour vous aussi. C'est la récompense de cette matinée de folie. Il y en aura même pour toi, Matt.

Mathieu ne répondit pas, se contentant de soupirer bruyamment. Alan ricana et se tourna vers Connor et Zane.

— Bien entendu, vous êtes invités à partager le repas avec mon équipe aussi, dit-il.

— On va manger de notre côté, répondit Alisa avant que les deux vampires n'aient le temps de se prononcer.

Alan fronça les sourcils.

— Je paye la nourriture et tu ne veux pas manger avec moi ?

— Tu sais bien que ce n'est pas toi, le problème, le rassura la lieutenante.

— Les gars sont un peu lourds, mais ils sont sympas, Ali, insista-t-il.

— Sans façon, s'obstina Alisa en relevant la tête de son bureau. Si tu crois que je vais manger avec Verhaeghe…

Alan se mit à rire et leva les mains en signe d'abandon.

— C'est bon, j'ai compris… capitula-t-il. Allez, je vais chercher le repas. À tout à l'heure.

Après un dernier sourire, le lieutenant rejoignit la sortie. Zane se tourna vers Alisa.

— Qui est Verhaeghe, et quel est le problème ? demanda-t-il en fronçant les sourcils.

Mathieu ricana franchement, s'attirant le regard de sa collègue et des deux consultants.

— Je n'ai jamais vu un type aussi lourd que Verhaeghe, expliqua-t-il. Les blagues graveleuses, c'est sa grande passion. Vous imaginez à quel point lui et Alisa sont proches ?

La concernée secoua la tête en soupirant avant de sourire.

— Je ne peux pas rester plus de cinq minutes en sa présence, sinon j'ai envie de me jeter sous une voiture, ajouta-t-elle.

Les deux consultants éclatèrent de rire. Alisa dévisagea Matt, qui riait lui aussi de bon cœur, et sourit.

PSYCHOPATHES SUCEURS DE SANG

Alisa jeta la boîte en plastique vide de son repas dans la poubelle en sortant. Suivie par ses collègues, elle s'installa dans sa voiture à la place du conducteur et démarra rapidement.

— Bon, on doit voir au moins la moitié des familles des victimes restantes, dit-elle.

— Alan se chargera des autres avec son équipe ? demanda Connor.

Mathieu hocha la tête, puis entra la première adresse dans le GPS. Alisa quitta le parking et s'engagea dans la circulation agitée de Bordeaux.

— Eh bah, il y a du monde, aujourd'hui, soupira Mathieu.

L'équipe n'eut pas un long trajet à faire, puisqu'ils arrivèrent rapidement devant un petit immeuble aux airs défraîchis. Alisa se gara tant bien que mal sur l'une des places en créneau devant et sortit de son véhicule. Elle jeta un œil aux noms à côté des sonnettes. Certaines étiquettes étaient déchirées, d'autres carrément absentes. Elle appuya sur la sonnette du bon appartement, et au bout d'à peine une minute, l'interphone laissa entendre un bruit feutré.

— Oui ? demanda une voix rauque.

— Lieutenant Collet et Maltais du B.E.V, nous venons vous parler de votre fils Alexandre.

— Qu'est-ce qu'il a fait ? questionna la voix.

— Nous préférerions avoir cette discussion en face-à-face, Monsieur Pache, expliqua Mathieu.

Les lieutenants entendirent l'homme tousser violemment.

— Vous pouvez entrer, l'immeuble n'est jamais fermé, dit-il en reprenant son souffle.

L'équipe s'exécuta et entra dans le bâtiment.

— C'est au deuxième, précisa Mathieu en regardant l'adresse sur son calepin.

À peine les escaliers montés, ils tombèrent sur Pache qui les attendait sur le pas de la porte. Vêtu d'un unique pantalon, l'homme, d'une soixantaine d'années, avait la peau sur les os et le regard vide. Il les invita à entrer d'un geste lent de la main. En pénétrant dans l'appartement, Alisa sentit immédiatement une forte odeur d'herbe et de tabac. Au sol, elle aperçut plusieurs bouteilles d'alcool plus ou moins fort. Toutes vides. Soudain, Pache poussa un cri.

— Pas de monstres chez moi !

Voyant la posture agressive de l'homme qui avait saisi le premier objet à sa portée, une lampe usée, Alisa et Mathieu s'interposèrent immédiatement entre lui et les vampires.

— Monsieur, ils travaillent pour le B.E.V comme consultants, indiqua la lieutenante. Si vous menacez leur sécurité, nous serons dans l'obligation de vous conduire au poste.

L'homme toisa Alisa, puis posa la lampe.

— Ils n'entrent pas chez moi, ordonna-t-il, la voix toujours emprunte de colère.

— Ils n'entreront pas, lui assura la lieutenante.

Pache se dirigea vers son salon sans plus un regard pour les consultants, et Mathieu le suivit. Alisa resta en arrière et lança un regard désolé aux deux vampires.

— Je vais vous demander de rester dans le couloir, on ne peut pas l'obliger à vous accueillir chez lui. Et avec la nouvelle que nous nous apprêtons à lui annoncer, je préférerais ne pas le contrarier, leur expliqua-t-elle en murmurant.

Les deux hommes hochèrent la tête en signe d'assentiment. Alisa rejoignit le salon où l'attendaient son collègue et l'homme, en prenant soin de ne pas refermer la porte derrière elle. Pache était installé dans un fauteuil élimé, et Mathieu, debout, lui faisait face. La lieutenante se posta à ses côtés.

— Monsieur Pache, je m'excuse pour les désagréments d'aujourd'hui, mais si nous sommes ici, c'est parce qu'il y a deux jours, les corps de plusieurs hommes et femmes ont été retrouvés, et votre fils Alexandre en faisait partie. Je vous présente mes condoléances, expliqua Alisa d'une voix aussi douce que possible.

L'homme leva la tête, le regard ailleurs, puis la baissa. Le manège se répéta à plusieurs reprises avant que des larmes ne commencent à faire leur apparition dans les yeux du père endeuillé. Mathieu détourna discrètement le regard, et Alisa baissa la tête. Quelques minutes s'écoulèrent avant que la lieutenante ne reprenne la parole.

— Pensez-vous pouvoir répondre à quelques questions ? demanda-t-elle.

Pache hocha difficilement la tête et ferma les yeux.

— Allez-y, murmura-t-il.

Alisa jeta un œil à Mathieu pour l'inciter à prendre en charge l'audition du père de la victime. Il acquiesça d'un mouvement de la tête avant de se tourner vers l'homme.

— Monsieur Pache, pouvez-vous nous dire avec exactitude ce que vous avez fait, cette semaine ?

L'homme se redressa, et son regard se teinta de colère.

— Vous pensez que j'ai tué mon fils ? cracha-t-il.

— Non, mais c'est une question que nous sommes obligés de vous poser, Monsieur, intervint Alisa d'une voix toujours aussi douce.

Pache leva le regard vers la lieutenante et soupira en se réinstallant dans son fauteuil.

— J'étais chez moi… Je ne sors jamais d'ici, répondit-il, légèrement calmé.

— Quelles étaient vos relations avec votre fils ? continua Mathieu.

Des larmes refirent leur apparition dans les yeux de l'homme, et les deux lieutenants attendirent patiemment qu'il reprenne son calme. Une fois fait, il posa son regard sur eux et soupira.

— On s'entendait pas. Ça faisait des années. Ado, il passait son temps à défendre les vampires, du coup on s'engueulait. Je peux pas les voir, ces monstres… Lui, il criait sur tous les toits que chacun avait le droit d'avoir une bonne vie, mais dites-moi pourquoi des monstres auraient le droit de vivre mieux que moi ! s'exclama-t-il en tendant un bras pour montrer les lieux.

Alisa hocha doucement la tête pour signifier à l'homme qu'elle comprenait ses propos, et il reprit.

— Ils boivent du sang pour survivre. C'est pas normal, ça. Un jour, ils finiront par tous nous tuer, et ce sera notre faute parce qu'on les aura laissés faire, affirma-t-il avec force avant que sa voix ne se brise sur sa dernière phrase. Et à cause d'eux… Je n'ai pas revu mon fils depuis toutes ces années…

Après quelques questions supplémentaires, les lieutenants quittèrent l'appartement. Rejoignant les deux consultants, assis dans les escaliers et qui se levèrent à leur arrivée, ils redescendirent au rez-de-chaussée avant de se décider à prononcer un mot.

— Je n'aime pas les vampires, lâcha Mathieu. Mais honnêtement, son raisonnement ne tient pas la route. Parce qu'il est malheureux, les vampires devraient l'être ? Et puis son fils, s'il n'est pas revenu, c'est sa faute à lui, pas aux vampires.

Alisa hocha la tête.

— Oui, mais pour être honnête, je le comprends.

Mathieu et les consultants lui jetèrent un œil surpris.

— Un peu d'empathie, les gars, dit-elle. Cet homme est malheureux dans la vie, sûrement depuis bien longtemps. C'est plus simple de trouver un coupable. C'est le moyen qu'il a trouvé pour rester en vie. Tenir le coup.

Zane fronça les sourcils.

— En tout cas, une chose est sûre, s'il pense que les vampires tueront tous les humains un jour, il se trompe. Les autres, je ne sais pas, mais lui, il est en sécurité, avec tout l'alcool et la drogue qu'il a dans le sang. Aucun vampire sain d'esprit ne voudrait le boire, dit-il alors que son ton se teintait d'amusement. Personnellement, je préfère le sang de ceux qui prennent soin d'eux. Comme le lieutenant Maltais.

Tous se tournèrent vers lui. Connor écarquilla les yeux devant ses paroles, Alisa fronça les sourcils, et Mathieu, lui, fit un rapide pas sur le côté pour s'éloigner du vampire. Zane sembla réaliser ce qu'il venait de dire et ouvrit la bouche comme pour se rattraper, sans qu'aucun son ne sorte.

— Je crois que je comprends mieux le rapport que tu as fait au chef, dit soudainement la lieutenante en se tournant vers Mathieu.

— Ah ! Tu vois ! s'exclama-t-il. Un psychopathe suceur de sang !

Connor se détourna, horrifié par l'image que leur donnait son ami. Zane ferma la bouche, puis baissa la tête. C'est en entendant le rire d'Alisa qu'il la releva, surpris.

— Matt, tu n'as vraiment pas d'humour, déclara-t-elle en quittant l'immeuble.

UN DÉTAIL MANQUANT

Alisa s'étira en grimaçant, puis soupira longuement. Elle passa la main dans ses cheveux et jeta un œil à ses collègues. Mathieu relisait assidûment les rapports des légistes, ainsi que les rapports sur les auditions des familles des victimes. De leur côté, les deux consultants terminaient d'écrire leur propre rapport sur cette journée d'interrogatoires. La jeune femme sourit en voyant les airs concentrés des trois hommes avant de soupirer pour la seconde fois en pensant à sa propre inattention. Elle attrapa son téléphone pour consulter l'heure.

— Bon, commença-t-elle en se levant. Je vais rentrer, prendre une douche… Et ensuite, si l'envie t'en dit, Matt, je te propose de passer pour qu'on relise tout ça à tête reposée, tranquillement installés dans le canapé avec une pizza ?

Mathieu releva la tête, puis acquiesça.

— Ça marche.

Alisa se tourna alors vers les deux vampires.

— Ce n'est pas dans vos horaires, donc je ne vous impose rien, mais vous êtes aussi les bienvenus, leur dit-elle. On est au calme, reposés et dans un autre lieu, ça permet d'avoir un regard nouveau sur une enquête.

Connor se tourna vers Zane et attendit son assentiment avant d'accepter.

— C'est bon pour nous, répondit Zane en souriant.

Alisa sourit à son tour, puis attrapa son bloc de post-it posé dans un coin de son bureau, ainsi qu'un stylo. Elle retira une feuille jaune du bloc et nota son adresse avant de leur tendre le papier. Connor le saisit. Il le colla sur son téléphone, qu'il rangea ensuite dans sa poche.

— Tu donnes ton adresse à des vampires ? demanda Mathieu, l'air agacé.

— Je te l'ai bien donnée à toi, le taquina la lieutenante en souriant avant d'ajouter : Passez d'ici une heure.

Après un dernier signe de la main, elle quitta les lieux et rejoignit sa voiture. Sur le parking, Alan fumait une dernière cigarette avant de lui-même rentrer chez lui. Il lui sourit, et la lieutenante changea de direction pour lui dire au revoir.

— Un resto, ça te tente ? lui demanda-t-il, alors qu'elle approchait.

Alisa secoua la tête.

— Pas ce soir, je vais revoir les rapports avec Matt, expliqua-t-elle.

— Oh là ! Bon courage, s'esclaffa le lieutenant chef en mettant sa main sur son front.

Alisa leva les yeux au ciel en souriant.

— Allez, je te laisse. Bonne soirée. Et on se fait ce resto la prochaine fois, lui dit-elle avant de s'éloigner en reculant pour rejoindre sa voiture.

Alan écrasa sa cigarette en faisant un signe de la main à son amie, puis monta à son tour dans son véhicule.

En sortant de la douche, Alisa glissa en posant le pied sur le carrelage au lieu de son tapis molletonné. Elle s'agrippa au lavabo et soupira en entendant la sonnette de la porte d'entrée qui résonnait pour la deuxième fois. Elle ramassa ses vêtements de rechange, les enfila en vitesse, puis courut presque vers la porte en attrapant son sac au passage.

— Désolée, s'exclama-t-elle en ouvrant la porte.

Un livreur à l'air agacé lui faisait face, deux boîtes dans les bras.

— C'est pas trop tôt, dit-il sur un ton de reproche.

Alisa lui sourit poliment, puis sortit deux billets de son portefeuille. Elle les lui tendit en récupérant maladroitement les cartons.

— Gardez tout, dit-elle au livreur avant de préciser : Pour me faire pardonner.

L'homme sembla se calmer et lui adressa un sourire.

— Merci, dit-il avant de partir.

Alisa ferma la porte, puis soupira.

— Avec presque dix euros de pourboire pour ne pas avoir ouvert la porte dans les cinq minutes, j'espère bien que tu me dises merci ! râla-t-elle en arrivant dans son salon.

Elle posa les pizzas sur l'îlot central de sa cuisine ouverte et sortit des verres d'un placard, qu'elle apporta sur sa table basse. Puis, elle se dirigea vers son bureau pour récupérer le dossier de l'enquête. À peine l'avait-elle en main que la sonnette se fit de nouveau entendre. Elle lutta contre son envie de pester contre l'horrible son en se jurant d'en changer rapidement et retourna ouvrir la porte.

— Bienvenue chez moi, salua-t-elle Connor et Zane, en les faisant entrer d'un geste de la main.

— Merci, répondit Connor.

Dehors, Alisa aperçut la voiture de Matt se garer devant son portail et elle laissa la porte ouverte avant de conduire les deux vampires dans son salon.

— Faites comme chez vous, leur dit-elle en les incitant à rejoindre le canapé.

Connor et Zane hochèrent la tête en s'asseyant sur le grand canapé scandinave gris qui trônait presque au centre de la pièce. La jeune femme quitta la pièce pour rejoindre à nouveau son bureau, et les consultants en profitèrent pour observer les lieux. La cuisine à droite du canapé était ouverte et munie d'un grand îlot, le tout dans une couleur rouge verni rétro. En face du canapé trônait une télévision moderne, et sur sa gauche, un buffet blanc recouvert de LEDS de couleur bleu, allumés, qui donnaient à la pièce des airs de boîte de nuit des années 80. La table basse, quant à elle, n'était qu'une pile de palettes peintes en plusieurs couleurs posées sur un tapis aux motifs psychédéliques. Zane sourit en laissant son regard traverser la pièce et adressa un regard amusé à son ami, qui lui répondit d'un air identique. Ils tournèrent la tête vers le couloir en entendant Matt entrer en pestant. Alisa arriva en trottinant et lui lança un regard interrogatif.

— Qu'est ce qui se passe ? lui demanda-t-elle.

— Je suis monté sur le trottoir en me garant, pesta son collègue. Mon pauvre pneu…

La lieutenante sourit en le poussant vers le salon.

— Je n'arrête pas de te dire que tu vas trop vite quand tu te gares, lui rappela-t-elle.

Matt ronchonna en s'asseyant au sol à l'opposé des vampires. Alisa leva les yeux au ciel et alla chercher les pizzas encore chaudes qu'elle posa sur la table basse. Elle repartit presque aussitôt chercher les boissons, ainsi que des verres. Connor se leva et la rejoignit.

— Un coup de main ? proposa-t-il, en la voyant essayer d'empiler des verres et prendre deux bouteilles par le goulot avec son autre main.

Alisa lui sourit.

— C'est pas de refus, accepta-t-elle.

La lieutenante se chargea des verres, et Connor apporta les bouteilles.

— Sans alcool… Encore… marmonna Matt en fixant la bouteille de bière.

— On est là pour travailler, lui rappela Alisa.

Il balaya la réponse de sa collègue d'un geste de la main et ouvrit l'une des deux boîtes de pizza. Alors qu'il prenait une part, il releva soudainement la tête vers Connor et Zane.

— J'ai une question qui me vient, d'un coup. La nourriture... Enfin je veux dire ça, précisa-t-il en désignant les pizzas. Ça vous nourrit ?

Connor secoua la tête.

— Non, pas vraiment... Ça remplit l'estomac, c'est sûr, mais ça n'a aucun impact sur notre santé, expliqua-t-il.

— Laisse-moi deviner, commença Alisa en regardant son coéquipier. Tu dormais pendant les cours de SVT ?

Mathieu fronça les sourcils.

— On apprend ça en SVT ? demanda-t-il.

Alisa pouffa en hochant la tête, et Matt sembla réfléchir.

— Je m'en souviens pas du tout, finit-il par dire avant de prendre une bouchée de sa pizza.

La lieutenante en fit de même, et les deux vampires suivirent le mouvement.

— Mais du coup, continua Mathieu. Vous avez déjà...

— Oui, on a déjà, le coupa Zane. On ne boit jamais devant des humains, on sait que ça a tendance à vous dégoûter, alors on prend nos dispositions.

— Normal que ça nous dégoûte, c'est du sang, précisa Mathieu.

Alisa attrapa la bouteille de bière et ricana.

— C'est pas toi qui t'es enfilé une assiette de boudin noir à notre dernière sortie resto ? lui demanda-t-elle, moqueuse.

Le lieutenant secoua la tête.

— Ça n'a rien à voir, se défendit-il. C'est du sang animal.

Alisa se servit un verre et se mit à remplir celui de Connor.

— On est tous des animaux, déclara-t-elle.

Mathieu haussa les épaules et tendit son verre vers sa collègue pour qu'elle le serve également. Peu désireuse de continuer le débat avec lui, Alisa changea de sujet, et ils ne parlèrent plus de sang jusqu'à la fin de leur repas. Une fois celui-ci fini, la lieutenante alla chercher les dossiers sur l'îlot pendant que ses collègues débarrassaient la table basse.

— Au fait, j'ai presque failli oublier, se rappela Mathieu. Avant que je quitte le bureau, Marie m'a dit qu'elle travaillait tard ce soir et qu'elle aurait sûrement les résultats d'au moins une partie des dentitions dans la soirée. Elle m'a précisé qu'elle nous les enverrait par mail dès qu'elle les aurait.

— Les dentitions ? demanda Alisa en haussant un sourcil.

— Les marques de canine, lui rappela son collègue.

La lieutenante hocha la tête, puis alla chercher son ordinateur dans son bureau avant de revenir. Elle le posa sur la table basse et entreprit de taper son mot de passe sur le clavier. Elle ouvrit rapidement ses mails, mais aucun venant de Marie ne s'y trouvait. Elle attrapa alors le dossier de l'enquête, l'ouvrit, puis étala les différents rapports devant elle.

— Allez, au travail ! On relit et on cherche des détails ou des incohérences. Et surtout dans les rapports d'interrogatoires, indiqua-t-elle.

Tous les quatre s'installèrent au sol autour de la table et prirent chacun un rapport pour commencer. Les minutes s'allongèrent pour bientôt former une heure. Alisa massa sa nuque douloureuse et se leva avant de s'asseoir sur le canapé. Puis, elle bascula pour se retrouver assise dans une position inhabituelle : les jambes vers le haut, appuyées contre le dossier, et la tête vers le bas. Elle brandit le rapport devant ses yeux et continua sa relecture. Connor et Zane l'observèrent en souriant.

— Ne vous occupez pas d'elle, elle fait ça tout le temps, ça l'aide à réfléchir, expliqua Matt en levant les yeux au ciel.

La jeune femme retira les feuilles du rapport de son champ de vision et sourit aux deux vampires. Elle leur fit un clin d'œil, puis reporta les notes de l'interrogatoire devant son visage et recommença une nouvelle fois à lire. Après plusieurs minutes, Mathieu tira vers lui l'ordinateur d'Alisa et entra le mot de passe.

— Depuis quand tu connais mon mot de passe ? lui demanda-t-elle, sans lever les yeux du rapport.

— Depuis que j'ai compris que tu choisissais tes mots de passe comme tu décores ton intérieur, se moqua-t-il.

— Haha, prononça la lieutenante, d'un ton saccadé.

— Et maintenant, c'est qui, qui n'a pas d'humour ? questionna-t-il en ouvrant la boîte mail.

Alors qu'Alisa allait répondre, il la coupa.

— Tu as reçu le mail de Marie.

La lieutenante se releva et quitta son étrange position pour se remettre droite.

— Alors ? demanda-t-elle.

Matt jeta un rapide coup d'œil.

— D'après ce qu'elle a pu en tirer, il y a six marques de canines différentes, et elle a des noms pour les six, résuma-t-il. Adrien Foubert, Virginie Romano, Patrick Pons, Antoine Boutin et Nathan Nguyen.

Alisa les ajouta rapidement sur l'un des nombreux post-it collés sur les feuilles du dossier et fronça les sourcils.

— Relis-les moi, ordonna-t-elle.

Mathieu s'exécuta, et la lieutenante se redressa.

— Elle a dit six marques de canines ?

— Euh… Oui, répondit Mathieu en jetant un nouveau regard au mail. Pourquoi ?

— Il y a que cinq noms, fit remarquer Alisa.

Mathieu se pencha vers l'ordinateur. La lieutenante en fit de même. Ils examinèrent le courriel, et Alisa attrapa rapidement son téléphone. Elle chercha la médecin légiste dans son répertoire et, à peine trouvée, passa l'appel.

— Allô, répondit Marie.

— Marie ? On vient de voir ton mail, tu as bien écrit que tu as trouvé six marques de canines différentes ? demanda Alisa en passant l'appel en haut-parleur.

— Oui, pourquoi ? demanda la légiste.

— Tu as six noms ? Ou tu n'as pas encore eu les résultats pour l'une des dentitions ? questionna à son tour Mathieu.

— Non, non. J'ai bien six noms. Qu'est-ce qu'il se passe ?

— Tu en as oublié un, répondit Matt. On a que cinq noms.

Ils entendirent Marie se déplacer, et le son d'un clavier d'ordinateur.

— Effectivement, murmura la voix pensive de la légiste. J'étais absolument sûre de les avoir tous écrits… Je suis désolée.

— C'est rien, ne t'en fais pas, la rassura Alisa. On est le soir, voire la nuit. Tu es fatiguée, c'est tout. Tu es encore à la morgue ?

Marie répondit par l'affirmative.

— Tu peux nous donner la liste complète ? demanda la lieutenante.

— Tout de suite, dit-elle. Alors, Adrien Foubert, Virginie Romano, William Sere…

Alisa se redressa en ouvrant grand les yeux. Ses collègues se tournèrent vers elle d'un air surpris.

— William Sere ? coupa la lieutenante.

— C'est bon, c'est le nom qu'il nous manquait, indiqua Matt à Marie.

— Tu as bien dit William Sere ? insista Alisa d'un ton soudain très sérieux.

— Oui, pourquoi ? interrogea la légiste.

— Parce que c'est impossible, déclara Alisa.

Ses collègues lui jetèrent un coup d'œil interrogateur, attendant qu'elle s'explique.

— Impossible ? Pourquoi ? demanda la voix de Marie.

— Parce qu'il est mort, les informa la lieutenante.

— Tu en es sûre ? lui demanda Matt.

— Un peu, oui. C'est moi qui l'ai tué, répondit Alisa.

LES ARCHIVES

Les réactions à l'annonce d'Alisa furent toutes très différentes. Au téléphone, Marie eut un hoquet de surprise. À côté de la lieutenante, Mathieu lâcha un juron, Connor ouvrit la bouche et Zane écarquilla les yeux.

— Pardon ? demanda Mathieu. Quand ça ?

Alisa s'enfonça dans le canapé en soupirant.

— Il y a deux ans, répondit-elle. C'était une de mes premières affaires. J'étais dans l'équipe d'Alan et on enquêtait sur Sere. Il s'est avéré que c'était un assassin qui droguait des femmes, les vidait de leur sang, puis les laissait mourir au milieu de nulle part.

Après une grimace incontrôlée, elle reprit.

— Alors qu'on était sur le point de l'arrêter, il s'est mis en colère et m'a foncé dessus, prêt à me tailler en pièces. Je lui ai tiré trois balles dans la tête.

Ses trois collègues l'observèrent en restant silencieux.

— Eh bah putain ! résonna la voix de Marie depuis le haut-parleur du téléphone.

Alisa se redressa en entendant la légiste.

— Marie, lorsque tu as eu le résultat, rien n'indiquait qu'il était décédé ?

— Alors là ! Je vais revérifier, attendez, répondit-elle.

Après un nouveau son de clavier, Marie reprit.

— Rien du tout, déclara-t-elle. Il y a ses nom et prénoms, son adresse et son casier judiciaire, mais il n'y est pas mentionné un quelconque décès. Tu es sûre de l'avoir bien tué ?

— Sûre et certaine. Crois-moi, avec l'état dans lequel était son crâne, même un vampire ne peut pas s'en sortir, assura Alisa. Regarde si tu peux accéder à mon rapport, il doit dater de mars 2020.

Après un long moment de silence, Marie soupira.

— Je ne trouve rien, annonça-t-elle.

Alisa fronça les sourcils et leva les yeux vers Mathieu.

— Bon, écoute, Marie. Rentre chez toi, je vais au poste pour vérifier ça. Merci pour les résultats.

— Il n'y a pas de quoi, répondit la légiste. Bon courage.

À peine l'appel terminé, Alisa se leva et attrapa sa veste, ainsi que son sac.

— Désolé, on écourte la soirée. Je dois aller trouver mon rapport, expliqua-t-elle.

— Je viens avec toi, dit Matt en se levant à son tour.

Les vampires l'imitèrent. Ils sortirent de la maison, et Alisa souhaita une bonne nuit aux deux consultants avant de rejoindre, au pas de course, sa voiture garée dans la rue. Mathieu monta dans la sienne et attendit que sa collègue démarre pour en faire de même.

Alisa entra en trombe dans le bâtiment du B.E.V et attira les regards curieux des agents et lieutenants travaillant encore. Elle se précipita sur son bureau, Mathieu sur les talons, et alluma l'ordinateur. Au bout de plusieurs longues minutes, l'écran s'éclaira. Elle tapa son mot de passe en vitesse, puis ouvrit le logiciel des archives du B.E.V. Elle tapa un second mot de passe sur son clavier, et la page apparut. Dans la barre de recherche, elle inscrivit son nom. Une multitude de dossiers s'afficha alors. Alisa activa ensuite le tri par date, puis commença à remonter les fichiers en lisant les patronymes. Lorsqu'elle arriva au bout de la liste, elle pesta. Derrière son épaule, Matt sursauta.

— Quoi ? demanda-t-il.

— Les rapports datant d'avant le mois de janvier de l'année dernière ne sont pas dans les archives numériques, expliqua-t-elle.

— Pourquoi ?

— Ça, je n'en sais rien, répondit Alisa. Probablement la fainéantise des gratte-papier.

— Du coup, on fait quoi ? questionna Matt.

Alisa ferma le logiciel et éteignit l'ordinateur avant de répondre.

— On va fouiller la salle des archives.

La salle des archives était fermée par une épaisse porte équipée d'un verrouillage à badge. Alisa sortit son pass de son sac et le glissa dans la fente prévue à cet effet. Un bip sonore brisa le silence, et la porte s'ouvrit. Mathieu la poussa, et à peine eut-il mis un pied à l'intérieur que la pièce, plongée dans l'obscurité, s'éclaira. L'endroit était exigu et très encombré par les nombreuses étagères recouvertes de boîtes étiquetées de différents numéros. Alisa n'attendit pas une seconde et entra à la suite de son collègue, qu'elle bouscula presque pour accéder au premier rayonnage. Elle se mit à inspecter les contenants les uns après les autres, où, en plus du numéro, figuraient des dates, ainsi que des noms. Matt l'imita aussitôt en commençant par une autre étagère. Passant rapidement de boîte en boîte, les deux lieutenants sentirent vite la fatigue prendre le dessus. La nuit était déjà bien avancée, et si la découverte du mystérieux nom manquant les avait, au début, chargés d'adrénaline, celle-ci avait fini par retomber pour faire place à l'épuisement. Les dates, numéros et noms se succédaient devant leurs yeux fatigués, qui se fermaient de plus en plus. Soudain, Matt poussa une exclamation.

— Ici ! Collet, annonça-t-il, l'air revigoré.

Alisa se précipita vers lui et ouvrit la boîte. Elle en sortit un à un plusieurs dossiers reliés qu'elle donnait à Matt au fur et à mesure qu'elle en lisait les titres. Elle trouva alors le rapport de l'enquête à laquelle elle avait participé et soupira.

— C'est pas le bon… murmura-t-elle. On continue.

— Pourquoi rien n'est rangé dans un ordre précis ? Je ne sais pas, moi, il aurait pu trier par date ou par agent et lieutenant… se plaignit Matt, d'une voix lasse.

Alisa hocha brièvement la tête en rangeant les dossiers, puis la boîte, et regagna l'étagère qu'elle écumait depuis déjà une très longue heure. Après plusieurs nouveaux faux espoirs, la lieutenante s'arrêta une nouvelle fois sur un carton mentionnant son nom. Elle l'ouvrit, prête à être une fois de plus dépitée de ne pas y trouver ce qu'elle cherchait. Cependant à peine eut-elle posé les yeux sur le dossier qu'elle cria presque sa victoire. Surpris, Mathieu manqua de lâcher les rapports qu'il avait en main. Il se tourna vers sa collègue, et voyant son air réjoui, rangea rapidement tout dans la boîte avant de se précipiter vers elle.

— Tu l'as ? s'écria-t-il.

Elle acquiesça en parcourant son rapport à la vitesse de l'éclair.

— Ici ! Là, tu vois, s'exclama-t-elle en indiquant une ligne du doigt.

Alisa leva les yeux, puis, après avoir donné le dossier à Matt, attrapa un second rapport dans la boîte.

— Et celui-ci, c'est celui d'Alan, expliqua-t-elle.

Elle l'ouvrit et le lut en diagonale.

— C'est dans celui d'Alan aussi, annonça-t-elle avant de lire à haute voix. Le lieutenant Alisa Collet était présente avec moi sur le terrain pour procéder à l'arrestation de William Sere. Le suspect s'est montré menaçant et a foncé sur le lieutenant Collet. La situation était dangereuse et laissait à penser que l'individu avait l'intention de tuer le lieutenant

Collet. Le lieutenant Collet a donc réagi en conséquence et a tiré à deux reprises sur le suspect, qui est mort sur le coup.

— Est-ce que le dossier indique où il a été enterré ? demanda Matt.

Alisa parcourut les pages suivantes sur le dénouement de l'affaire.

— Au cimetière de la Chartreuse, répondit-elle après avoir trouvé l'information. Dans l'espace réservé aux vampires.

— Comment ses canines ont pu se retrouver sur des cadavres, s'il est six pieds sous terre ? ! s'exclama Mathieu

— Aucune idée, soupira Alisa.

— On demande une exhumation ? s'enquit Mathieu.

— Je n'aime pas trop ça, mais on n'a pas le choix, répondit la lieutenante.

Mathieu hocha la tête, puis soupira à son tour.

— Allez, on en a assez fait pour ce soir. On fait des copies des rapports, et après, on rentre. Je suis épuisé, déclara-t-il.

Alisa acquiesça vigoureusement et se dirigea vers la sortie de la salle des archives, les dossiers à la main. Une fois les copies faites et les originaux rangés, Matt et la jeune femme fermèrent la salle, puis quittèrent les lieux. Les bureaux étaient encore loin d'être vides. Des bourreaux de travail étaient toujours sur place, et les deux lieutenants leur souhaitèrent bon courage avant de rejoindre le parking. Dès qu'ils furent dehors, Alisa s'étira en bâillant.

— Je ne vais pas être mécontente de rejoindre mon lit, déclara-t-elle.

— Moi non plus, confirma Matt.

Les deux collègues se souhaitèrent bonne nuit, et chacun rejoignit sa voiture. Alisa resta un instant immobile sur le siège de son véhicule. La portière encore ouverte, elle laissa le vent frais de la nuit glisser sur son visage. Elle demeura pensive pendant une minute, durant laquelle elle entendit Mathieu démarrer et quitter le parking, puis elle se décida à démarrer à son tour pour rentrer chez elle. À peine arrivée, elle s'allongea sur son canapé. Et bien que son esprit fourmillât de questionnements, la fatigue prit le dessus, et elle sombra dans un sommeil réparateur.

CHANGEMENT DE PISTE

Lorsque Connor et Zane pénétrèrent dans le bâtiment du B.E.V, ils aperçurent immédiatement Mathieu qui, penché sur son bureau, semblait particulièrement concentré. Alors qu'ils approchaient, le lieutenant leva la tête et fit la grimace en les voyant. Les deux hommes le saluèrent et s'assirent rapidement. Connor jeta un œil à l'heure sur son téléphone avant de balayer la pièce du regard.

— Alisa n'est pas là ? demanda-t-il à Mathieu.

Le lieutenant leva à nouveau la tête en soupirant bruyamment.

— Elle est là, mais elle est occupée, répondit-il sans plus d'explication, en replongeant la tête dans son dossier.

Les vampires se regardèrent, puis étudièrent de nouveau les lieux en espérant voir la jeune femme. Alors qu'ils observaient l'open space, ils virent les regards des agents et lieutenants présents fixés sur eux. Sans Alisa à leur côté, il leur semblait que ces regards étaient plus oppressants que lors des précédents jours. Un lieutenant, au vu de son badge fièrement affiché à sa taille, les toisait, l'air mécontent, depuis sa chaise de bureau. Soudain, il se leva et se dirigea vers eux. Les cheveux noirs coupés à la militaire, un costume chic sur le dos, il marchait la tête haute et semblait se pavaner en approchant. Il se posta devant eux et afficha une expression méprisante.

— Alors ? Comment se passe votre première enquête ? demanda-t-il.

La question semblait à l'opposé de ce qu'exprimait son visage, mais sa voix, elle, était en totale adéquation.

— Bien, répondit Zane.

— Super, c'est super, continua l'homme. Mais… Vous savez que vous ne ferez pas long feu au B.E.V, n'est-ce pas ?

Connor fronça les sourcils.

— Et pourquoi ça ? questionna-t-il, sur la défensive.

— Eh bien, ici personne ne vous aime, et en plus, des familles de victimes se sont plaintes que des meurtriers soient engagés pour enquêter. Vous feriez mieux de partir maintenant avant de le regretter…

Connor se leva brusquement, et l'homme fit un pas en arrière.

— Nous sommes ici pour mettre nos compétences au service du bien commun, à savoir mettre en prison de vrais coupables, pas des meurtriers imaginaires sortis tout droit d'une peur irrationnelle, déclara-t-il d'une traite.

Zane dévisagea son ami avec surprise. Les yeux écarquillés, il n'en revenait pas de voir celui-ci répondre avec autant de confiance. Le lieutenant inconnu refit un pas en avant pour se donner contenance et haussa le ton.

— Vous avez plutôt intérêt à partir de votre propre initiative, sinon… commença-t-il l'air furieux.

— Oh, la ferme ! s'exclama alors Mathieu.

Tous se tournèrent vers lui, surpris. Il leva alors une nouvelle fois la tête de son bureau et fixa l'autre homme avec lassitude.

— C'est bon, on a compris, s'agaça Matt. Tu veux qu'ils partent sinon tu vas te mettre très en colère. Et tu feras quoi, après ? Moi, je vais te le dire, tu ne feras rien du tout ! Pourquoi ? Parce que tu pourrais perdre ta place. Alors arrête de la ramener et va faire ton boulot. Sérieux, il n'y a que moi qui bosse ici ou quoi ?

— Je… Pardon ? bégaya l'autre. Tu es le premier à vouloir les voir partir et tu me fais la leçon ?

— Oui, enfin quitte à choisir entre toi et eux, je préférerais que ce soit toi qui partes, répondit Matt.

Avant que l'homme ne puisse répliquer, Alisa arriva et passa devant lui, sans même le regarder. Le téléphone collé à l'oreille, elle salua d'un geste de la tête ses collègues en attrapant quelques affaires posées sur son bureau.

— Bien, dit-elle avant de lever la tête et de faire un signe en direction des ascenseurs.

Se retournant, les hommes purent voir Marie, la médecin légiste, approcher, son manteau sur les épaules.

— Faites aussi vite que possible, continua Alisa en s'adressant à son interlocuteur. Je vous remercie, bonne journée.

À peine eut-elle raccroché que Mathieu se leva.

— Alors, c'est bon ?

— Oui, répondit-elle. Ils seront sur place d'ici une demi-heure. En attendant, nous, on va aller repérer et prendre quelques photos. Marie vient avec nous.

Les deux vampires se levèrent rapidement pour la suivre. Derrière eux, Matt et la légiste leur emboîtaient le pas, laissant le lieutenant importun seul face au vide. Une fois dehors, Alisa se dirigea vers sa voiture, et Matt prit la direction opposée pour rejoindre la sienne. Alors que Marie allait suivre la lieutenante, elle se rendit compte que les consultants en faisaient de même et changea d'avis.

— Je vais avec Maltais, annonça-t-elle à Alisa en changeant de direction.

Alisa acquiesça d'un signe de tête et continua son chemin jusqu'à son véhicule. Connor s'installa à l'avant, et Zane sur le siège derrière lui. Une fois tous en voiture, la lieutenante démarra et sortit du parking. Alors qu'elle s'engageait dans la circulation, elle tourna brièvement la tête vers Connor.

— J'étais au téléphone, du coup je n'ai pas tout entendu, mais… C'était pas mal, lui dit-elle.

Un sourire naquit sur le visage de Connor.

— Merci, répondit-il.

— Le lieutenant Verhaeghe fait partie de l'équipe d'Alan, et c'est vraiment une ordure, déclara-t-elle.

— C'est lui que tu ne voulais pas voir hier, remarqua Zane.

— Tout juste, confirma Alisa. Ce type est de la pire espèce. Un manipulateur pompeux qui se prend pour le maître du monde, et qui en plus de ça, est un harceleur.

— C'est pour ça que tu l'as complètement ignoré ? questionna à nouveau Zane.

— Oui, répondit-elle en souriant. C'est la meilleure méthode, face à lui. Une indifférence totale à sa présence le rend dingue. Mais l'ignorer plusieurs heures, c'est souvent compliqué, et pour ça j'ai besoin d'être imbibée d'alcool.

Les deux vampires laissèrent échapper un rire avant que Connor ne reprenne son sérieux.

— C'est vrai, ce qu'il a dit ? Que des gens se sont plaints de notre présence au sein du B.E.V ? demanda-t-il.

Alisa soupira.

— Oui, répondit la lieutenante d'une voix lasse. Ne vous en préoccupez pas. Vous faites partie de mon équipe, c'est à moi de gérer ça.

Connor hocha la tête en signe d'assentiment et adressa un regard à son ami, qui lui répondit d'un haussement d'épaules.

— Dernière question, continua Connor. Où est-ce qu'on va ?

Alisa se tourna à nouveau vers lui avant de rediriger son regard vers la route.

— Matt ne vous a pas prévenus quand vous êtes arrivés ? demanda-t-elle avant de lever les yeux au ciel et d'ajouter : Évidemment que non, quelle question stupide… Cette nuit, Matt et moi, on s'est assuré que William Sere était bien mort, et en fouillant les archives, on a trouvé où il a été enterré. À la première heure ce matin, j'ai fait demander une exhumation, et là, on est en route pour y assister.

— C'est rapide, s'étonna Zane.

Alisa hocha la tête.

— En temps normal, ça prend plus de temps d'obtenir une autorisation, mais comme il n'avait pas de famille et qu'en plus notre enquête commence à être médiatisée, la préfecture et la mairie sont pressées qu'on en finisse.

Alisa tourna dans la rue à l'arrière du cimetière de la Chartreuse et se stationna sur l'une des places en épis qui longeait le mur en pierre. Jetant un œil à l'extérieur, elle vit Mathieu en faire de même à côté d'elle. Elle sortit de sa voiture et marcha d'un pas pressé vers le portail arrière du cimetière. Puis, elle se retourna pour voir Zane et Connor quitter sa voiture, et lorsqu'ils claquèrent les portières, elle la verrouilla de loin. Les deux vampires trottinèrent pour la rejoindre. Lorsqu'ils arrivèrent à son niveau, un homme apparut à l'angle de la rue. Il considéra les deux consultants et fronça les sourcils.

— Lieutenant Collet ? demanda-t-il en passant de l'un à l'autre.

— C'est moi, se présenta Alisa.

L'homme haussa ses sourcils, surpris.

— Ah, pardon, excusez-moi, dit-il. En même temps, je me disais bien… ajouta-t-il en adressant un nouveau regard aux deux vampires dont les médailles d'identification brillaient légèrement sous le soleil matinal.

L'homme se dirigea vers le portail et l'ouvrit avant de se pousser pour les laisser entrer.

— Je suis Armand, le gardien, se présenta-t-il. On m'a prévenu pour l'exhumation, et que le lieutenant Collet la superviserait.

Alisa hocha brièvement la tête, puis entra, suivie des vampires. Matt et la légiste sur les talons. L'immense cimetière donna un haut-le-cœur à la lieutenante, qui se garda bien de le montrer. Elle capta le regard interrogateur de Zane et Connor, mais n'y répondit pas et entreprit d'avancer sur les petites routes goudronnées qui façonnaient les allées entre les tombes. Elle attrapa son téléphone et ouvrit la galerie, tout en marchant, pour trouver la photo satellite sur laquelle elle avait inscrit l'emplacement de la sépulture. Après deux bonnes minutes, elle bifurqua et entra dans l'un des espaces où des centaines de tombes s'étalaient, les unes à côté des autres. La lieutenante se dirigea vers la quatrième allée, et une fois celle-ci atteinte, elle commença à regarder les noms inscrits sur les pierres tombales. Il ne lui fallut pas longtemps pour trouver celle de William Sere. Une simple dalle sans épitaphe, où seuls son nom, sa date de naissance et celle de son décès figuraient.

Une sensation désagréable se logea au creux de son estomac, et tout comme son haut-le-cœur à l'entrée du cimetière, elle la garda pour elle en agissant comme si tout allait bien. Matt et Marie la rejoignirent tandis que les deux vampires la dévisageaient à nouveau, d'un regard qu'elle trouvait étrangement intrusif. Elle sursauta en sentant son téléphone vibrer dans sa poche et l'attrapa rapidement en pestant.

— Oui, Alan ? dit-elle en décrochant. Entre, le portail arrière est ouvert. Ensuite, tu continues tout droit et tu finiras par tomber sur nous. Ils sont là aussi ? D'accord, à tout de suite.

Une fois le téléphone raccroché, elle se tourna vers ses collègues.

— Alan est là, et la pelleteuse aussi, expliqua-t-elle.

Marie sortit de son sac un paquet de gants en caoutchouc, ainsi que des masques chirurgicaux, qu'elle tendit à chacun des membres de l'équipe.

— Obligation de porter ça, déclara-t-elle. Je ne veux pas vous voir choper une saloperie qui traînerait sur le corps.

Tous s'équipèrent tandis que derrière eux se faisait entendre un bruit de moteur. Alisa se retourna et aperçut la petite pelleteuse approcher à vitesse réduite, accompagnée par Alan ainsi que quelques membres de l'équipe médico-légale du B.E.V et deux autres hommes dont les bras étaient chargés de matériel. Lorsqu'ils les rejoignirent, Alan les présenta.

— Messieurs Donna et France, du service funéraire. Et dans l'engin, Monsieur David.

Alisa les salua, puis indiqua l'emplacement du corps à exhumer. Une demi-heure s'écoula avant que le caveau de marbre ne soit ouvert, et encore une autre pour retirer la terre au-dessus du cercueil. La pression montait, et la lieutenante sentait son assurance s'envoler à mesure que la pelleteuse retirait les dernières mottes de terre. Les agents du service funéraire sortirent le cercueil du trou et le posèrent à côté, avant de récupérer leur matériel. Ils vaporisèrent avec un produit inconnu le bois abîmé par les années, puis ouvrirent le cercueil. Marie se dirigea alors immédiatement vers le corps et eut un mouvement de recul.

— Ça me surprendra toujours de voir que le corps des vampires résiste plus longtemps que le nôtre à la décomposition.

Alisa fit quelques pas dans sa direction et put constater, qu'effectivement, le corps aurait tout aussi bien pu appartenir à celui d'un homme mort quelques jours auparavant. Soudain, son haut-le-cœur réapparut, et elle fit un pas en arrière. Les souvenirs de ce jour, où, pour la première fois, elle avait tiré sur un homme, lui revinrent de plein fouet, et elle sentit ses jambes trembler. La lieutenante s'éloigna précipitamment sous les regards surpris et inquiets de ses collègues. Elle entendit des pas derrière elle et s'arrêta. Après de grandes inspirations, elle se retourna pour faire face à Alan, qui l'examinait avec inquiétude. Derrière lui se trouvaient les deux consultants, ainsi que Matt.

— Je suis désolée, souffla-t-elle. J'y arrive pas…

— C'est rien, la rassura Alan. C'est normal. Ce type, c'était la première fois que tu tirais sur quelqu'un, c'est pas anodin.

— Oui, mais j'ai fait toutes ces séances chez le psy pour rien, alors…

— Tu sais, si je devais revoir la tête de ceux sur lesquels j'ai tiré, je te jure que je réagirais probablement pareil, continua le lieutenant. C'est une réaction parfaitement normale pour quelqu'un qui possède des émotions.

— Ouais, si tu le dis, soupira Alisa. Bon allez, retournes-y. Faut pas laisser Marie toute seule. J'arrive dans une minute, le temps de me calmer.

Alan s'éloigna presque à regret, et la lieutenante s'accroupit en serrant ses bras sur son ventre dans l'espoir de calmer la nausée. Matt s'agenouilla à côté d'elle.

— Ça va aller ?

Elle hocha la tête.

— Oui… C'est juste que… commença-t-elle. Quand j'ai vu son visage, identique à mes souvenirs, et les trous sur son front que mes balles ont laissés… Ils n'ont même pas pris la peine de l'embaumer. Et le voir comme ça… Ça m'a ramenée deux ans en arrière. Peut-être que…

— T'étais obligée de tirer, ce jour-là, la coupa Matt.

Alisa secoua la tête en fermant les yeux.

— Non… répondit-elle. C'est ce que la psy me répétait, mais au fond, je ne sais pas ce qu'il allait faire. Peut-être que je n'aurais pas dû tirer.

— Alisa… Tu es lieutenante de police au sein du B.E.V. C'est un risque tous les jours tu es bien placée pour le savoir. Et comme tu le sais aussi, parfois il y a des décisions à prendre. C'est ce que tu as fait, et c'est dangereux de la remettre en question.

Alisa se releva soudainement et prit une grande inspiration.

— On en reparlera la première fois que tu tueras un suspect, dit-elle avant de repartir en direction de la tombe.

Alisa croisa le regard de Connor, à qui elle adressa un bref sourire rassurant, puis continua son chemin et rejoignit Marie, qui l'attendait.

— Ça va mieux ? lui demanda-t-elle.

— Oui, répondit la lieutenante en prenant soin de compter ses respirations comme le lui avait appris sa psy. Alors ?

— La mâchoire supérieure est manquante, déclara la légiste.

Bien qu'Alisa s'y attendait, elle fut surprise de voir sa théorie se confirmer. Elle se tourna vers les hommes du service funéraire.

— Vous pouvez confirmer que la terre n'avait pas été retournée depuis l'inhumation d'il y a deux ans ? leur demanda-t-elle.

— Oui, Madame, répondit l'homme à la pelleteuse, d'une voix bourrue.

— Bien, je vous remercie pour votre travail, les salua Alisa avant de faire signe à ses collègues de venir vers elle.

La lieutenante s'éloigna. Puis, lorsqu'elle fut suffisamment loin, elle se retourna vers Alan, Matt, Marie et les deux consultants.

— Bon, commença-t-elle. La terre n'avait pas été retournée, ce qui veut dire que la mâchoire a été retirée avant qu'il ne soit enterré. Le problème, c'est que je me suis renseignée, et le corps de Sere est resté à la morgue du B.E.V jusqu'au jour de l'enterrement.

— Attends, tu penses que c'est quelqu'un de chez nous qui a volé la mâchoire de ce type ? questionna Matt.

Alisa fixa un instant son collègue avant de répondre.

— Je pense que quelqu'un du B.E.V est impliqué dans le meurtre de masse sur lequel nous enquêtons, déclara-t-elle d'un air grave.

NOUVEAU SUSPECT

De retour au poste à presque midi, Alisa s'était posée à son bureau et n'avait plus bougé de là. Alan avait commandé à manger, et les bureaux de la lieutenante, ainsi que celui de Mathieu, étaient donc couverts de plats de pâtes dans des boîtes en carton. Alors qu'ils mangeaient, Alisa leur expliqua à voix basse comment avaient débuté ses soupçons, la veille.

— Lorsqu'on a reçu les noms et que l'un d'entre eux manquait, j'ai pensé que Marie avait tout simplement oublié, et elle l'a d'ailleurs elle-même cru. Quand elle a dit que c'était William Sere, j'ai commencé à penser que ça clochait, dit-elle.

— Pourquoi ? demanda Matt.

— Il était soupçonné d'avoir assassiné plus de dix femmes en l'espace de cinq ans, et cette affaire avait fait du bruit, chez les flics. Beaucoup de bruit. Tout le monde au poste connaissait le nom de William Sere.

Alan se redressa en s'étirant.

— Marie bossait encore à l'étranger il y a deux ans, non ? Donc, elle, ne pouvait pas le connaître, déclara-t-il.

— Exact, confirma Alisa. Ce qui me dérange, c'est que le reste de l'équipe médico-légale le connaît forcément. Ils étaient tous là. Certains ont participé à l'enquête. Je ne vais pas vous mentir, mes soupçons venaient de nulle part. J'ai juste commencé à envisager la possibilité qu'un membre de l'équipe ait pu supprimer un des noms avant qu'elle ne nous les transmette. Et si hier soir c'était juste de la paranoïa due à la fatigue, ce matin, la découverte de la mâchoire manquante indique que quelqu'un au B.E.V l'a volée.

— Tu penses donc que la personne qui l'a dérobée l'a utilisée pour faire croire à un meurtre, mais qu'elle s'est rendu compte que les dents étaient celles d'un vampire mort il y a deux ans ? demanda Matt d'un air préoccupé.

— Oui, acquiesça Alisa.

— Si c'est vrai, on est dans la merde la plus totale, déclara Alan, catastrophé. Ce mec, qui qu'il soit, participe à des enquêtes de police et à des meurtres de masse en même temps. Il entend des éléments confidentiels et nous détourne peut-être de vrais suspects.

— J'ai parfaitement conscience que c'est une accusation très grave. Alors, s'il vous plaît, pour l'instant, vous gardez ça pour vous, supplia Alisa.

Tous acquiescèrent silencieusement. Alan se leva, et après avoir exercé une pression amicale sur l'épaule de sa collègue, il s'éloigna pour rejoindre son équipe. Alisa s'adossa à sa chaise de bureau et poussa un profond soupir.

— Il y a une personne que tu suspectes ? chuchota Mathieu.

La lieutenante se pencha vers lui, et les deux vampires tendirent l'oreille.

— Herriot, dit-elle. Son frère fait partie de ceux que je suspectais, et je ne crois pas aux coïncidences. Je suis convaincue qu'ils sont tous les deux impliqués dans l'affaire.

— Pourquoi tu les suspectais ? questionna Zane. Ils sont humains, et tout indiquait que les meurtres avaient été commis par des vampires.

Alisa secoua la tête.

— Non, seules les marques de canines indiquaient cette possibilité, contra-t-elle. Mais les victimes sont mortes noyées. Alors, bien sûr ça pourrait être un rituel tordu, mais la seconde option est que les coupables aient été humains. Ensuite, les marques de canines manquaient de naturel. Pas assez précises pour être celles de vampires qui se contrôlent, mais trop pour être celles de vampires affamés.

Connor et Zane se jetèrent un regard, impressionnés par la déduction de la lieutenante. Soudain, le portable d'Alisa sonna et elle décrocha presque instantanément.

— Oui ? demanda-t-elle. D'accord.

Elle attrapa un stylo et un calepin, et se mit à écrire des noms.

— Ça marche, merci, dit-elle en raccrochant.

Elle leva les yeux puis se tourna vers Alan qui, penché sur son bureau, semblait toujours préoccupé.

— Alan ! l'appela la lieutenante.

Il redressa la tête, puis se leva quand Alisa lui fit un signe de la main.

— D'autres victimes ont enfin été identifiées, expliqua-t-elle, lorsqu'il fut à côté d'elle. Voilà les noms. Ton équipe peut s'en occuper ? J'aimerais me concentrer sur « tu sais quoi ».

Alan hocha la tête et récupéra la feuille arrachée du calepin, que lui tendait sa collègue, avant de repartir à nouveau vers son bureau.

— Comment on va faire pour prouver ta théorie ? demanda Matt, à voix basse.

— Deux choses, commença la lieutenante. Vous trois, vous cherchez tout ce que vous pouvez trouver sur les deux frères. S'ils ont de la famille, leurs différents lieux de travail, leurs fréquentations… Je veux tout !

— D'accord, et toi ? Tu vas faire quoi ?

— Moi ? Je vais aller l'interroger, dit-elle en se levant.

Ses collègues lui jetèrent des regards surpris. Elle pouffa.

— Pas directement, bien sûr. Il sait que son frère a été interrogé. Du coup, je vais lui poser quelques questions à ce sujet et j'aviserai suivant ses réponses.

Alisa se dirigea vers l'ascenseur et entra. Elle appuya sur le bouton du sous-sol, puis scruta le bureau alors que la porte se refermait, un sentiment de malaise grandissant dans la poitrine. Pour la première fois depuis son entrée dans la police, la lieutenante ignorait en qui avoir foi. Seuls Alan et Matt lui semblaient honnêtes. Quant aux deux consultants, elle ne les connaissait pas suffisamment pour leur accorder sa pleine et entière confiance.

Lorsque l'ascenseur s'ouvrit, elle n'attendit pas une seconde et se dirigea vers la porte du fond. Elle ne prit pas la peine de toquer et entra aussitôt. Quelques hommes et femmes levèrent la tête à son arrivée. Elle les salua d'un bref geste de la tête, puis chercha Marius Herriot du regard. L'homme baissa immédiatement les yeux lorsqu'elle croisa son regard. Elle fronça les sourcils, s'avança vers lui en faisant disparaître son expression soucieuse et sourit.

— Marius Herriot ? demanda-t-elle, tout en sachant pertinemment qu'il s'agissait de lui.

L'homme releva précipitamment la tête d'un air angoissé. Alisa haussa un sourcil en se demandant comment un potentiel meurtrier pouvait être aussi transparent.

— Oui ? répondit-il d'une voix modulée.

— Je suis désolée de vous déranger, débuta Alisa en essayant de paraître contrite et sympathique. Surtout pour ce dont j'ai à vous parler, mais… Vous le savez sûrement déjà, votre frère a récemment été interrogé dans le cadre de mon enquête en cours.

Herriot la fixa sans prononcer un mot.

— Je souhaiterais donc vous poser quelques questions à son sujet, poursuivit-elle. Si ça ne vous dérange pas, bien sûr.

Il hocha doucement la tête.

— Allez-y, murmura-t-il.

— Je vous remercie. Alors, premièrement, êtes-vous proche de votre frère ? questionna-t-elle.

— Je dirais que l'on est aussi proches que peuvent l'être deux frères devenus adultes et dont les chemins se sont séparés.

Alisa fronça les sourcils face à la réponse de l'homme. Il dut percevoir sa perplexité, puisqu'il ajouta :

— On se voit aux réunions de famille, mais on n'est pas particulièrement proches.

La lieutenante hocha la tête.

— Il travaille actuellement comme comptable, c'est bien ça ?

— Oui, c'est ça, répondit Herriot.

— La dernière fois que vous l'avez vu remonte à combien de temps ? continua-t-elle.

Herriot sembla hésiter sur sa réponse.

— Lorsqu'il est venu au poste pour être interrogé, répondit-il.

Alisa hocha une nouvelle fois la tête.

— Et avant ça ?

Herriot perdit presque instantanément ses couleurs.

— Je… Probablement à… l'anniversaire de notre oncle, dit-il en bégayant.

— Vous savez s'il a déjà eu des comportements violents à l'égard des vampires ?

Cette fois, l'homme n'eut plus aucune contenance et semblait au bord du malaise.

— Il… C'est… Il était… Il faisait partie d'un groupe qui se revendique antivampires, mais… Je… Enfin, il… il n'aurait pas eu… Je…

— Vous allez bien ? lui demanda-t-elle, alors qu'il perdait son souffle. Vous voulez un verre d'eau ? Ou aller prendre l'air ?

Herriot secoua la tête.

— Non… Je… vais bien, dit-il en inspirant profondément. Je… vais m'asseoir…

Il se dirigea vers une chaise pendant que ses collègues l'observaient, inquiets, sans pour autant oser intervenir.

— Je vous remercie d'avoir répondu à ces quelques questions, lui murmura Alisa d'une voix doucereuse. Je vais vous laisser.

Elle quitta la pièce sans attendre de réponse de sa part et se dirigea vers la salle d'autopsie. Elle entra et y trouva Marie, la tête penchée au-dessus d'un cadavre au ventre ouvert.

— Ah, tu tombes bien ! s'exclama la légiste en la voyant entrer. J'ai encore de nouvelles informations depuis notre coup de fil d'il y a à peine dix minutes.

— Dis-moi tout !

— Le contenu des estomacs.

Alisa haussa les sourcils en attendant la suite.

— Ils ont tous plus ou moins le même dernier repas, reprit la légiste. Dans l'ensemble, ils ont mangé des frites et la même viande, à quelques exceptions près.

— Les dix-huit victimes auraient mangé au même endroit avant de mourir ?

Marie acquiesça.

— Ils ont pu manger dans un restaurant, réfléchit Alisa à voix haute. Alain Gaillard !

— Quoi ? sursauta la légiste en entendant sa collègue s'écrier.

— Il a été interrogé par Alan, il fait partie des antivampires et il tient une brasserie. C'était indiqué dans le rapport. Je vais me pencher là-dessus !

Alisa courut presque jusqu'à l'ascenseur. Une fois à l'étage, elle rejoignit son bureau. Les regards interrogateurs de ses collègues se tournèrent vers elle à son approche, mais elle les ignora et farfouilla dans les dossiers étalés sur son bureau, enfouis sous les boîtes de repas à emporter. Elle attrapa les rapports des interrogatoires et chercha celui d'Alain Gaillard. Une fois dessus, elle chercha l'adresse de la brasserie.

— Bien. Matt, tu continues avec Connor. Zane, tu viens avec moi, dit-elle.

— Tu pourrais au moins nous expliquer, la coupa Matt dans son élan.

Alisa s'arrêta et soupira.

— Pour Herriot, c'est encore flou pour moi. Il est coupable de quelque chose, ça c'est sûr, vu son attitude pendant que je le questionnais. Mais un meurtre ? J'en doute, il y a peu de chance que ce type en ait le cran, expliqua-t-elle. En revanche, j'ai vu Marie et je vais suivre une autre idée pour l'instant. Donc toi et Connor, vous continuez les recherches sur les frères Herriot, et moi et Zane, on va suivre l'autre piste.

Sans attendre de réaction, elle se dirigea d'un pas rapide vers la sortie alors que Zane abandonnait son travail pour la suivre en quatrième vitesse. Elle sortit du bâtiment et rejoignit à grandes enjambées sa voiture, dans laquelle elle monta. Une fois l'adresse du restaurant enregistrée dans le GPS, elle démarra, puis quitta le parking. Zane resta silencieux un instant. Puis, ne supportant plus le manque de conversation, il soupira.

— Un problème ? lui demanda Alisa.

— Non… Je ne suis pas vraiment un adepte du silence.

Elle sourit.

— Contrairement à Connor, apparemment, remarqua-t--elle.

Zane acquiesça en souriant.

— Oui. Lui, il pourrait passer des heures sans prononcer un mot. Moi, c'est au-dessus de mes forces.

Alisa laissa échapper un rire, puis tourna dans une rue calme. Elle se stationna contre l'un des trottoirs sur une place prévue à cet effet et coupa le contact.

— Avant d'y aller, j'ai deux choses à vous dire, commença-t-elle d'un ton sérieux. La première, c'est de vous expliquer ce qu'on fait là. Le restaurant que vous voyez un peu plus loin appartient à Alain Gaillard. Il est l'un des hommes que l'équipe d'Alan a interrogés. Nous allons le voir car, d'après Marie, le contenu des estomacs indique qu'il est possible que les victimes aient mangé au même endroit pour leur dernier repas. Je veux voir si ce restaurant ne pourrait pas être l'endroit en question.

Alisa fit une pause avant de reprendre, d'un air embêté.

— La deuxième, c'est qu'il faut que tu évites au maximum les blagues un peu trop portées sur le sang et les morsures, dit-elle, les sourcils froncés, avant de se mettre à sourire. En tout cas, en présence d'autres personnes que moi ou Connor. Alan, à la rigueur, pourrait trouver ça drôle, mais vraiment, Matt, il faut éviter. Il serait capable de prévenir les ressources humaines, et avec les imbéciles qui y travaillent, je ne pourrais pas faire grand-chose pour t'aider.

— Je… je ferai attention, déclara-t-il. Je suis désolé.

— Ne le sois pas, moi ça m'a fait rire, mais Matt est un peu chatouilleux quand il est question de vampires, expliqua-t-elle avant de reprendre. Allez, au travail. Et si tu as des remarques à faire, n'hésite pas.

La lieutenante quitta la voiture, et une fois Zane sorti, en verrouilla les portières.

— Le restaurant ne va pas être fermé, à cette heure ? demanda le vampire en suivant Alisa.

— Il fait aussi café, donc normalement c'est bon, le rassura-t-elle.

Les deux collègues se dirigèrent vers l'établissement où un joyeux vacarme se faisait entendre. En entrant dans le restaurant, Alisa repéra immédiatement son suspect, qui plaisantait avec des clients, et se dirigea vers lui sans hésitation, Zane sur les talons. En les voyant approcher, Alain Gaillard perdit son sourire et se figea. Alisa, elle, laissa transparaître le sien.

— Monsieur Gaillard, lieutenant chef Collet du B.E.V, se présenta-t-elle. Et voici Monsieur Fahey, mon consultant.

— Je sais, répondit l'homme d'une voix dure. Pourquoi vous êtes là ?

— Nous sommes ici pour vous parler de l'affaire pour laquelle vous avez été interrogé il y a peu, expliqua Alisa.

Gaillard soupira.

— Allez-y.

— Bien, commença la lieutenante en sortant son téléphone. Vous les avez sûrement déjà vus lors de l'entretien avec mon collègue, mais pourriez-vous me dire si ces visages vous sont familiers ?

Elle braqua l'écran vers l'homme, puis fit défiler les photos à vitesse réduite pendant que ce dernier secouait négativement la tête. Il désigna quelques-unes des victimes comme étant des membres de l'association *La décence pour tous* et soupira à nouveau.

— C'est bientôt fini ? demanda-t-il.

— Presque, mais vous savez, il y a eu dix-huit victimes. C'est beaucoup, dit-elle en adressant un regard à Zane, qui secoua la tête.

Puis, elle ajouta :

— D'ailleurs, ça ne semble pas vous choquer plus que ça.

Gaillard fronça les sourcils.

— Non, effectivement. Des vampires qui tuent des humains, il y en a des tas. Si je me sentais mal pour chaque victime, je ne sourirais plus.

Alisa hocha la tête.

— Oui, vous avez raison, concéda-t-elle en souriant. On ne va pas s'empêcher de dormir pour dix-huit vies innocentes volontairement arrachées à leur famille.

Gaillard sembla perdre contenance, et son visage exprima une émotion qu'Alisa ne put décrypter. Elle continua de sourire, puis fit un pas en arrière.

— Bon, je crois que nous n'allons pas vous empêcher de travailler plus longtemps, déclara la lieutenante. Une dernière question, et après nous partons. Parmi les victimes, certaines sont-elles déjà venues manger dans votre restaurant ?

— Non.

Alisa le sonda silencieusement, mais l'homme ne montra aucune réaction.

— Je vous souhaite une bonne journée, lui dit-elle.

Elle commençait à opérer un demi-tour quand Zane glissa son regard sur un carnet posé derrière le comptoir. Un mot retint son attention, et il leva les yeux vers Gaillard.

— Vous louez l'endroit pour des évènements et des réunions ? questionna-t-il.

La lieutenante braqua aussitôt son regard sur lui, puis le reporta sur le patron du restaurant. Gaillard serra la mâchoire avant de se décider à répondre.

— Oui, répondit-il. Pourquoi cette question ?

— Il faut réserver en avance, j'imagine, continua Zane.

— Effectivement, au moins deux semaines, confirma Gaillard, d'un air mauvais. Encore une fois, pourquoi ? Vous comptez organiser une réunion de la police ici ? Si oui, il faut téléphoner.

— On y pensera, répondit le vampire en souriant.

Zane se tourna vers Alisa.

— On y va, lieutenant ? demanda-t-il.

Elle hocha la tête, puis se dirigea vers la sortie. Une fois dehors, elle se tourna vers Zane, interrogatrice.

— Il y avait un petit carnet avec écrit *réservation, réunion*. Je me suis dit que, peut-être, les victimes auraient pu réserver ici pour une réunion de l'association.

— C'est possible, acquiesça Alisa en approchant de la voiture. Les battements de cœur étaient comment, pendant sa réponse ?

— Ils ont accéléré, mais ce n'est pas une preuve de culpabilité.

— Oui, mais ça peut nous orienter, répondit-elle. Et le reste de l'interrogatoire ?

— Je pense qu'il ne ressentait pas grand-chose pour les photos. Mais lorsque tu as mentionné dix-huit victimes, ses battements ont accéléré, et de la sueur a goutté dans son cou. Tu penses que c'est un signe qu'il pourrait être coupable ?

Alisa hocha la tête en ouvrant sa portière. Elle entra et s'assit sur son siège tandis que Zane en faisait de même. Lorsqu'elle démarra, elle se tourna vers lui.

— Je crois que l'on approche du dénouement de cette affaire, dit-elle.

Une fois au poste, Alisa se dirigea immédiatement vers la cafetière tandis que Zane rejoignait les bureaux. Il s'assit à côté de Connor, qui semblait sur le point de s'endormir. Une fois son café à la main, la lieutenante les rejoignit à son tour. Elle posa le gobelet brûlant, se laissa tomber sur sa chaise et soupira.

— Alors ? Qu'est-ce vous pouvez me dire sur « vous savez qui » ? demanda-t-elle.

— On enquête sur Voldemort ? répondit Zane en levant la tête, l'air faussement angoissé.

Alisa fronça les sourcils en souriant légèrement, puis reporta son attention sur Matt et attendit qu'il réponde.

— Donc, avec Connor on a trouvé plusieurs informations qui nous ont paru assez importantes. Premièrement, il y a sept ans, leurs parents sont décédés dans un accident de voiture apparemment causé par un vampire. On ne trouve pas tellement de détails, donc je ne peux pas garantir l'information. Ensuite, j'ai jeté un œil à leurs réseaux sociaux. Pour "tu sais qui", tout est en privé. Mais son frère… J'ai pu voir quelques éléments, disons… perturbants.

— Perturbants comment ? questionna Alisa.

Matt se pencha vers elle.

— Il poste des photos de dents de vampire. Il y en a des dizaines. Il prétend que ce sont des fausses, en plastique ou autre, mais honnêtement j'en doute. Elles semblent très réalistes. Apparemment, il lui arrive de participer à des manifestations de type plutôt violentes. L'un de ses *posts* parle d'une vidéo qui aurait été supprimée par la plateforme. Il prétend que rien n'était violent envers les êtres humains. Le mot humain était en majuscule.

— Cette vidéo aurait pu être celle d'une agression sur un vampire ? interrogea la lieutenante.

Son collègue hocha la tête.

— C'est ce que je pense. Le problème, c'est que l'on n'y a pas accès.

— C'est Internet, elle doit bien être quelque part… insista Alisa.

— J'ai contacté la plateforme. Ils doivent avoir des copies de ce qu'ils suppriment du site, mais je ne sais pas quand ils répondront.

— Bien, pour cette partie on attendra. D'autres choses ?

— D'après ce que j'ai vu, il passe tout son temps avec une certaine Stéphanie Lacroix. Elle apparaît sur presque toutes ses photos et vidéos. C'est une antivampires, sa photo de profil est bariolée de slogans plus ou moins abjectes. Même moi, je ne suis pas aussi horrible.

— Tu as fait des captures d'écran ? demanda Alisa.

Matt hocha la tête.

— Bien. Tu as pu accéder au compte de cette femme ?

— Non, tout est en privé. Vous êtes allés faire quoi ? questionna, à son tour, Matt.

Alisa s'étira en soupirant.

— Pas très utile. On est allés voir Alain Gaillard. Un restaurateur antivampires qui a été interrogé par l'équipe d'Alan.

— C'est quoi, le nom de son resto ? lui demanda Connor, soudain intéressé.

— *La bonne franquette*. Pas vraiment original, comme nom… répondit la lieutenante.

Matt se redressa.

— C'est le restaurant des vidéos.

Alisa lui lança un regard interrogateur.

— Dans plusieurs vidéos, on voit la façade d'un restaurant. Le nom, c'est *La bonne franquette*, expliqua-t-il en ouvrant rapidement un dossier sur son ordinateur.

Il tourna l'écran vers sa collègue, qui put voir une vidéo visiblement téléchargée depuis le compte du suspect. Sur les images, une femme souriait en entrant dans l'établissement.

— En soi, rien d'étonnant, murmura Alisa. Ils doivent connaître le patron, ils font des manifestations ensemble.

Une notification s'afficha sur la droite de l'écran. Un mail provenant de la plateforme du réseau social s'afficha. Matt retourna l'écran vers lui d'un geste brusque.

— C'est la réponse, dit-il.

Après un rapide coup d'œil, il se leva et attrapa son téléphone.

— Ils m'ont laissé un numéro pour les joindre, je les appelle discrètement et je reviens. Profites-en pour faire une pause, tu as une tête à faire peur.

Alisa lui adressa un regard noir et attrapa un bloc-notes posé sur son bureau, qu'elle fit semblant de lui lancer. Matt s'éloigna, hilare, et la lieutenante reposa le bloc. Elle prit une gorgée de café avant de s'affaler dans son fauteuil. À peine quelques minutes plus tard, un gobelet vide reposait sur le bureau. Matt arriva, l'air content.

— Donc, ils ont bien un stockage de données et ils peuvent retrouver la vidéo. Je dois juste leur envoyer une copie de ma pièce d'identité, ainsi que de mon badge. Je m'en occupe immédiatement. D'après eux, ça ne devrait pas prendre plus de deux heures.

— Aussi rapide ? demanda Zane, en haussant les sourcils.

— Quand la police est impliquée, tout va plus vite, répondit Matt.

Il s'installa devant son ordinateur en s'étirant.

— Je crois que je commence à sentir la fatigue, murmura-t-il.

Une heure et demie plus tard, Alisa relisait pour la millième fois les rapports de l'enquête, annotant des informations ou des questions qui lui traversaient l'esprit. Leur journée terminée, Connor et Zane étaient rentrés chez eux. Matt, lui, patientait devant son écran en balançant la tête d'avant en arrière, puis de droite à gauche, et ainsi de suite. Se redressant brusquement, il fit sursauter Alisa.

— Ils ont répondu !

La lieutenante se leva immédiatement pour passer derrière son collègue. Appuyée contre le fauteuil, elle attendit qu'il ouvre le courriel. En pièce jointe se trouvait une vidéo dont le nom n'était qu'une suite de chiffres. Matt cliqua sur l'icône, et le lecteur s'ouvrit. Les premières images apparurent et laissèrent entrevoir l'intérieur du restaurant d'Alain Gaillard. Alisa le reconnut immédiatement, debout face à un groupe de personnes dont elle ne voyait que des morceaux de visage. La caméra bougea pour faire face à celui de Stéphanie Lacroix, qui attrapa l'objectif. Apparemment désormais dans les mains de la femme, Matt et Alisa découvrirent le visage d'Antonin Herriot, le frère de l'analyste, qui souriait. Il se leva de la chaise où il était assis, puis se dirigea d'un pas décidé vers le patron du restaurant. La caméra le suivit, et d'un mouvement bancal, balaya également les autres visages présents autour de la table, en face de Gaillard. Devant lui, quatre hommes le toisaient avec colère. Quatre visages bien reconnaissables pour les deux lieutenants.

— Ce sont quatre des victimes… lâcha Matt, dans un souffle.

— Gaillard a menti, murmura Alisa. On a un nouveau suspect.

AVEUX

À peine les deux consultants arrivés au poste, Alisa quitta son bureau. Les vampires lui jetèrent un œil surpris. Elle les salua rapidement avant de se tourner vers Mathieu.

— Tu vas voir Gaillard, je prends tu sais qui, dit-elle. Briefe Zane sur le trajet, et pitié, ne vous étripez pas. Je n'ai pas envie d'avoir de victimes supplémentaires à gérer.

Zane hocha la tête tandis que Matt fronçait les sourcils.

— Quand tu parles de victime, tu parles de lui ou de moi ? demanda-t-il.

Alisa soupira en levant les yeux au ciel, puis fit signe à Connor de la suivre.

— En route, je t'explique tout une fois qu'on est parti.

Connor acquiesça silencieusement et suivit la lieutenante. Ils quittèrent le bâtiment presque au pas de course. Zane et

Matt rejoignirent la voiture de celui-ci alors que Connor se laissa guider vers le véhicule d'Alisa. Une fois installée, elle démarra et quitta le parking du B.E.V.

— Alors, hier soir, Matt et moi avons reçu la vidéo. Il s'avère que quatre de nos victimes y apparaissent. Ça se passait dans un restaurant, celui que je suis allée voir hier avec Zane. Le patron m'a dit qu'aucune des victimes n'avait mis les pieds dans son restaurant. Alors bien sûr, il aurait pu ne pas les reconnaître, mais dans la vidéo, il est face aux quatre hommes et leur parle. Matt va retourner l'interroger, et nous, on va aller discuter avec notre immonde collectionneur.

Connor hocha la tête.

— Qu'est-ce que tu espères en tirer ? demanda-t-il.

— Une garde-à-vue, répondit Alisa.

— Et comment tu comptes t'y prendre ?

— Une audition de routine, quelques questions basiques, comme la première fois. Puis, des questions sur ses photos, ses fréquentations…

Il ne leur fallut pas plus de dix minutes pour arriver chez Antonin Herriot. Un petit immeuble composé de logements sociaux en état correct. Alisa sortit de la voiture et n'eut pas le temps de chercher l'appartement que le suspect sortait de chez lui, l'air pressé.

— Monsieur Herriot ? l'appela-t-elle.

L'homme se tourna vers eux d'un air surpris, puis fronça les sourcils.

— C'est urgent ? Je dois bosser, s'agaça-t-il.

— Oui, d'ailleurs vous feriez mieux d'appeler pour leur dire que vous ne serez pas là, déclara-t-elle.

Alisa eut la satisfaction de voir le visage de Herriot perdre de sa superbe pour se faire nettement plus inquiet.

— Nous avons d'autres questions à vous poser, et cela pourrait prendre un petit moment, expliqua la lieutenante, en souriant.

Herriot hocha doucement la tête.

— D'accord, dit-il en se dirigeant vers la porte de l'immeuble. Suivez-moi.

Alisa et Connor pénétrèrent dans la bâtisse et suivirent l'homme jusqu'à son appartement. Herriot s'installa à sa table de salle à manger tandis que la lieutenante et le consultant prenaient place en face de lui.

— Monsieur Herriot, vous habitez Bordeaux depuis plus de dix ans, maintenant, n'est-ce pas ?

— C'est exact.

— Quel métier exercez-vous, actuellement ?

— Vous m'avez déjà posé cette question la première fois que nous nous sommes vus, dénota-t-il.

— Je sais, répondit Alisa.

Herriot fronça brièvement les sourcils.

— Je suis comptable.

— Vous avez de la famille ?

— Mon frère, Marius. Il travaille au B.E.V

— C'est tout ? demanda Alisa, provocatrice. Pas de parents ?

Herriot secoua la tête.

— Juste mon frère.

La lieutenante lui sourit d'un air faussement triste avant de poursuivre :

— La première fois que nous nous sommes vus, vous m'avez dit ne pas reconnaître les victimes. Pourriez-vous jeter de nouveau un œil sur les photos et me confirmer que c'est bien le cas ?

Alisa sortit son téléphone de sa poche et entreprit de remontrer les photos des corps au suspect. À mesure qu'elle passait d'un cliché à l'autre, elle scrutait les réactions de l'homme en sachant qu'à côté, Connor écoutait les battements de son cœur. Une fois la dernière photo passée, Alisa chercha la vidéo récupérée la veille.

— Vous n'avez donc jamais vu ces personnes.

Herriot hocha une nouvelle fois la tête.

— Pourtant, nous avons ici une vidéo qui prouve le contraire, continua-t-elle, doucereusement.

L'homme se redressa sur sa chaise dans un geste soudain inquiet. Alisa lui tendit une nouvelle fois le téléphone, puis lança la vidéo en question. Herriot se raidit et serra les dents.

— Un commentaire ?

— Je… je ne les ai pas reconnus, expliqua-t-il.

Alisa lui sourit.

— Évidemment, la mémoire nous joue des tours, acquiesça la lieutenante. Autre chose, il semblerait que vous êtes un collectionneur. Une collection bien particulière…

— Oui… C'est… Ce sont des fausses dents de vampire, bégaya-t-il.

— Nous pouvons les voir ? demanda Alisa.

— Hum… Oui, accepta Herriot, la voix tremblante. Je vais les chercher.

Il se leva et quitta la pièce. Alisa se tourna vers Connor.

— Ton avis ?

— Je n'ai jamais entendu le cœur de quelqu'un battre aussi vite. On dirait le cœur d'un lapin.

Alisa laissa échapper un rire qu'elle changea en toux lorsque Herriot revint, deux boîtes plutôt larges dans les mains. À peine les eut-il posées sur la table qu'Alisa en ouvrit une. Rangées par deux dans des compartiments, les canines avaient l'air d'être tout sauf fausses. La lieutenante en prit une entre ses doigts et l'observa sous toutes les coutures.

— C'est en quelle matière ? demanda-t-elle en levant la tête vers Herriot.

— Du plastique, répondit-il d'un air blême.

Alisa sourit.

— Vous savez, vous m'auriez dit n'importe quelle autre matière, j'aurais pu vous croire, dit-elle.

L'homme serra une nouvelle fois la mâchoire.

— Mais… du plastique, ça, j'en doute, finit-elle.

— Un problème, Monsieur Herriot ? Vous semblez anxieux, questionna Connor, sur le même ton passif agressif que sa collègue.

— C'est bien du plastique, insista l'homme.

Alisa hocha la tête.

— Dans ce cas, vous acceptez de nous les confier pour analyses ?

— NON ! s'exclama-t-il.

— Si vous vous y opposez, je peux toujours réclamer un mandat. Je n'aime pas vraiment la paperasse, mais une chose est sûre, avec la vidéo que j'ai en ma possession, il n'y en aurait pas pour longtemps à l'obtenir.

Herriot se leva brusquement. De la sueur perlait sur son front, et sa respiration s'était accélérée.

— Je… je veux un avocat… murmura-t-il.

— C'est une bonne idée, confirma Alisa en se levant à son tour. Vous en appellerez un en arrivant au poste.

Antonin Herriot était installé sur la chaise d'interrogatoire, son avocat face à lui. Alisa et Connor observaient la scène, le son coupé pour des raisons légales. Si l'homme avait semblé être sur le point de craquer à son arrivée au poste, plus de deux heures en présence de son avocat lui avaient permis de retrouver sa confiance, et la lieutenante cherchait dorénavant un moyen de faire pression sans que l'avocat ne puisse intervenir. La jeune femme se tourna vers la porte à sa gauche en l'entendant s'ouvrir. Matt et Zane entrèrent d'un pas rapide.

— Gaillard ne nous apportera rien du tout, déclara Matt de but en blanc. Il prétend qu'il avait effectivement eu une altercation avec ces quatre hommes pour des raisons qui n'avaient rien à voir avec l'association, mais qu'il ne se souvenait pas de leurs visages. Aucune caméra de surveillance dans son resto, mais pour une brasserie qui s'appelle *La bonne franquette*, je ne suis pas vraiment étonné. J'ai demandé à voir ses dernières réservations, mais apparemment, dès qu'elles ont lieu, il se débarrasse de la feuille sur lesquelles elles étaient indiquées. Avec la vidéo, j'ai réussi à le mettre en garde-à-vue pour comportement violent, mais je ne sais pas comment on va le faire parler.

Alisa hocha la tête avant de se tourner de nouveau vers la vitre.

— Ok, je me charge d'abord de lui, et ensuite on voit pour trouver un motif qui gardera Gaillard au poste.

Matt acquiesça en silence, et la lieutenante quitta la pièce pour rejoindre la salle d'interrogatoire. Alisa entra rapidement, coupant court à la conversation entre Herriot et son avocat. Son dossier à la main, elle se dirigea vers lui et tendit la main.

— Lieutenant chef Collet, se présenta-t-elle.

— Maître Costa, dit-il en se levant pour lui céder la place avant de lui serrer la main. Je représente aujourd'hui Monsieur Herriot. Mon client ne parlera pas sans mon autorisation, j'espère que vous comprendrez.

— Bien sûr, confirma-t-elle.

Elle s'installa en face du suspect et fit un signe en direction du miroir sans tain. En quelques secondes, un agent entra avec une chaise et la posa à côté de Herriot. Costa s'y assit d'un air solennel.

— Maître Costa, avez-vous été correctement mis au courant de la situation qui a placé votre client en garde-à-vue ? demanda Alisa, une fois l'agent parti.

— Mon client est accusé de possession illégale de canines de vampire, ainsi que de violence.

Alisa confirma d'un hochement de tête avant de continuer.

— Bien, je vais donc commencer à poser les questions, annonça-t-elle. Monsieur Herriot, vous êtes actuellement en possession de dents de vampire. Connaissez-vous la peine encourue pour ce genre de possessions illégales ?

— Le… le trafic d'organes… Sept ans…

— C'est exact. Heureusement pour vous, les dents ne sont pas des organes. Et après analyse, je suis sûre que tout indiquera que les vampires à qui elles appartenaient sont tous décédés dans des conditions qui n'ont aucun lien avec vous. Pour ce qui est de la vidéo, vous ne risquez pas plus qu'une amende et trois mois avec sursis.

Herriot se redressa sur sa chaise et avala sa salive. Alisa retint un sourire de satisfaction, puis inspira avant de reprendre.

— Vous en aurez donc tout au plus pour un an avec sursis, lui dit-elle d'une voix neutre. En revanche, s'il s'avère que certaines des dents auraient pu être prélevées sur un vampire vivant ou dans des conditions étranges, une enquête sera ouverte. Et dans ce cas, la peine pourra augmenter de… deux ou trois ans, je pense.

Costa lança un regard agacé à Alisa, sûrement bien conscient de ses provocations pour faire perdre son sang-froid à son client.

— Vous pouvez donc être serein. En ce qui concerne cette affaire, tout du moins, déclara-t-elle. Je vais cependant maintenant vous poser quelques questions sur l'affaire qui m'a poussée à enquêter sur vous.

— Faites attention à vos questions, lieutenant, s'interposa Costa.

— Lieutenant Chef, Maître Costa, le corrigea Alisa.

L'homme haussa un sourcil, mais ne répliqua pas. Alisa, elle, ouvrit le dossier de l'enquête qu'elle avait apporté.

— Monsieur Herriot, cette question vous a été posée lors de notre première entrevue, et vous avez affirmé ne connaître aucune des victimes. Pour la seconde et dernière fois, reconnaissez-vous ces visages, demanda-t-elle en étalant les photos des victimes devant lui.

Costa se pencha à l'oreille de son client et lui chuchota quelques mots. Herriot avala une nouvelle fois sa salive, puis pointa du doigt un premier cliché.

— Je… Lui.

Il en pointa trois autres.

— Et eux, ajouta-t-il. Ils étaient au restaurant. Ce sont eux que j'ai filmés.

— Quelqu'un d'autre ? Sachez que, si vous nous cachez des informations, cela pourra être retenu contre vous.

— Pas de menaces, Lieutenant chef, la coupa Costa en appuyant sur le « chef ». Pour l'instant, rien ne le condamne dans cette affaire, il me semble.

— Exact, confirma Alisa en souriant. Je peux continuer ?

Costa acquiesça.

— Vous en reconnaissez d'autres ? demanda à nouveau la lieutenante.

Herriot secoua vigoureusement la tête.

— Non. Je ne reconnais personne d'autre.

Un agent entra dans la pièce et intima à Alisa de sortir. La lieutenante s'exécuta. À peine sortie, Matt lui sauta presque dessus.

— Les résultats des analyses dentaires sont arrivés, expliqua-t-il en les lui tendant. C'est allé plutôt vite, vu que l'équipe avait les dents, mais figure-toi que notre travail à nous va peut-être aller tout aussi vite.

Alisa l'observa d'un air curieux.

— Marius Herriot a été surpris par ses collègues en train de tenter de falsifier les résultats.

— Pas très malin, remarqua Alisa en souriant. Mais maintenant, on va pouvoir cuisiner les deux frères. Et ça, c'est parfait.

Matt sourit à son tour.

— Je peux commencer à interroger l'analyste ?

— Fais-toi plaisir, répondit Alisa avant de retourner dans la salle d'interrogatoire.

La lieutenante s'assit sans se soucier du regard inquisiteur de l'avocat et se mit à feuilleter les résultats d'analyse des canines.

— Monsieur Herriot, j'attendais le bon moment pour vous poser cette question et je crois qu'il est arrivé, commença-t-elle sans lever les yeux des résultats. Comment avez-vous accumulé une telle collection de canines ?

— Je… Enfin…

— Ne répondez pas, lui intima Costa. Lieutenant, ces dents ne peuvent probablement pas se trouver n'importe où, la personne qui les a fournies à mon client pourrait vouloir s'en prendre à lui, s'il le dénonçait.

— Lieutenant chef, corrigea à nouveau Alisa. Vous savez, je ne pense pas… Ou alors, tout ce que cette personne a fait jusqu'à maintenant pour vous protéger, Monsieur Herriot, aurait été sans intérêt.

Herriot écarquilla légèrement les yeux tandis que Costa fronçait les sourcils.

— De quoi parlez-vous ? demanda l'avocat.

— Monsieur Herriot, si vous voulez que votre avocat s'occupe de votre cas, vous devriez tout lui dire, provoqua Alisa.

Elle leva enfin les yeux vers le suspect.

— Voyez-vous, j'ai devant moi les résultats d'analyse des canines. Mauvaise nouvelle pour vous, mais plusieurs d'entre elles correspondent aux marques présentes sur le corps des victimes. Un commentaire, à ce sujet ?

— Je… Les crimes ont été commis avant que je ne possède ces canines.

— Les crimes ont été commis il y a à peine une semaine, opposa Alisa. Cette collection ne date sûrement pas d'hier.

— Je…

— Ne répondez plus, intima Costa. Ça suffit, présentez des preuves concrètes !

— Bien, mais j'espère que votre client sait ce qu'il encourt s'il est condamné pour meurtre, déclara Alisa en se levant. Je vous laisse en discuter.

La lieutenante quitta la pièce d'un pas assuré. Une fois sortie, elle souffla bruyamment. La porte à sa gauche s'ouvrit. Connor la dévisagea, l'air impressionné.

— Tu sais dans quelle salle Matt est allé interroger l'autre Herriot ?

Le vampire hocha la tête et l'y mena. Alisa ne prit pas la peine de faire un tour du côté caché du miroir sans tain et entra directement. Matt et Marius tournèrent la tête vers elle.

Son collègue se leva aussitôt pour lui céder la place, et elle s'y installa.

— Marius Herriot, dit-elle simplement. Lieutenant Maltais, où en étiez-vous ?

— Monsieur Herriot m'expliquait qu'il s'agit d'une erreur.

Alisa toisa le suspect, puis sourit.

— Évidemment. Falsifier un résultat, c'est une erreur. Une erreur qui peut vous coûter quelques mois de prison. Quoique, dans le cadre de cette enquête, je monte plutôt à plusieurs années. Eh oui, dissimuler des informations qui pourraient faire incarcérer les coupables d'une affaire de dix-huit victimes ne constitue pas un simple petit crime. C'est de la complicité de meurtre.

— Je... commença Marius.

— Nous vous écoutons, l'incita Matt en le voyant hésiter.

Le suspect se mura dans le silence en baissant la tête.

— Vous savez de quoi votre frère va être accusé ? lui demanda Alisa.

Herriot releva subitement la tête.

— D'homicide volontaire et de meurtre de masse. On parle d'une peine à perpétuité, lui annonça Matt.

— Vous imaginez, la perpétuité ? demanda Alisa, provocante. Dans une prison remplie de criminels en tous genres ? Partant de l'assassin, en passant par le violeur et le trafiquant d'organes. Votre frère, que visiblement vous essayez de protéger de tout votre cœur, au milieu de tout ce beau monde.

Les yeux de Marius se remplirent de larmes, et le ton d'Alisa se fit soudain plus doux.

— Un marché est possible, Marius, dit-elle en se penchant vers lui. On peut s'assurer que vous passiez vos quelques années de prison avec votre frère dans un espace sécurisé. Lui et vous y seriez en sécurité. Votre identité d'ancien analyste pour la police sera secrète, et après votre remise en liberté, votre frère resterait dans cet espace sécurisé.

Après une intense réflexion, l'homme avala difficilement sa salive

— D'accord… murmura-t-il d'une petite voix.

Alisa fut presque surprise de la facilité avec laquelle elle avait obtenu sa résilience, mais elle devait bien reconnaître qu'il n'avait pas l'air d'un dur à cuire.

— Bien. Alors expliquez-nous, lui intima Matt.

— Je… Je ne savais pas que mon frère était impliqué quand l'enquête a débuté, commença Marius. C'est lorsque j'ai vu le nom du vampire sur le résultat de l'analyse que j'ai compris.

— Comment avez-vous compris ? demanda Alisa.

— Je… Mon frère est parfois un peu étrange. Depuis l'accident de nos parents, il est obsédé par les vampires, et en particulier par leurs canines. Alors un jour, j'ai… J'ai volé celles d'un cadavre à la morgue et je les lui ai offertes. Il m'en a demandé d'autres, et c'est comme ça qu'a commencé sa collection.

— Vous lui avez fourni toutes les dents ? questionna Matt.

Marius secoua la tête.

— Non, seulement quatre paires.

— Vous vous êtes souvenu du nom de William Sere, c'est bien cela ? continua Alisa.

— Oui… Marie n'a pas envoyé le mail immédiatement et elle s'est absentée, alors, je n'ai pas réfléchi et j'ai effacé le nom. Je ne voulais pas que mon frère ait des problèmes.

— Qu'avez-vous fait, après avoir compris que votre frère était impliqué ? l'interrogea Alisa.

— J'ai quitté le poste et je suis allé directement chez lui. Je lui ai demandé des explications, et il me les a données.

Marius marqua une pause durant laquelle ses yeux déjà pleins de larmes en accueillirent des nouvelles.

— Que vous a-t-il dit ? le poussa à poursuivre Matt.

— Il m'a raconté que des membres de l'association contre laquelle il se battait venaient dans le restaurant qu'il fréquentait, pour les provoquer. Il a ajouté que le patron détestait ça, et qu'il lui avait demandé de l'aide pour leur faire payer. Mon frère a accepté. Il ne m'a pas donné de nom à part celui d'Alain Gaillard, le patron, et son amie, Stéphanie. Mais apparemment, un médecin leur a fourni du matériel de prise de sang, et au moins une autre personne était impliquée.

— Comment les ont-ils tués ? demanda Alisa.

— Ils… Ils ont réservé le restaurant pour une soirée. De la provocation, d'après Marius. Il m'a expliqué que le patron a mis du somnifère dans leurs plats, puis qu'ils les ont emmenés dans une piscine municipale pour les noyer avant d'utiliser les… trucs pour les prises de sang.

— Quelle piscine ? questionna la lieutenante.

— Je… Je ne sais pas, il ne me l'a pas dit.

— Alisa, lui murmura Matt à l'oreille. Je sais de quelle piscine il s'agit.

La lieutenante se tourna vers son collègue, qui lui fit signe de sortir. Elle s'exécuta, et tous deux quittèrent les lieux. Une fois sortis, ils pénétrèrent dans la salle jouxtant la salle d'interrogatoire. Connor et Zane les y attendaient.

— Hier, j'ai effectué quelques recherches sur Stéphanie Lacroix, l'amie de son frère. C'est la fille du propriétaire d'une piscine municipale. Elle y travaille, donc elle y a accès.

— Il doit y avoir des caméras de surveillance, dans une piscine, murmura Alisa en réfléchissant. On laisse les deux frères et Gaillard mijoter en garde-à-vue pendant qu'on va jeter un œil là-bas.

Sans attendre, elle quitta la pièce, ses collègues sur les talons.

Mathieu se stationna sur le parking de la piscine *Aqua'bul*. Alisa quitta la voiture et se dirigea vers l'entrée au pas de course. À l'accueil, une femme dans la trentaine lui sourit. La lieutenante se dirigea vers elle d'un pas décidé.

— Lieutenant Collet, du B.E.V, se présenta-t-elle en montrant son badge. Stéphanie Lacroix travaille-t-elle, aujourd'hui ?

— Hum… Non, elle… Elle est à une manifestation, lui répondit la femme, toute trace de sourire volatilisée.

— Vous avez des caméras de surveillance ? demanda Matt, qui venait d'arriver derrière sa collègue, les deux vampires à sa suite.

— Oui, à l'accueil et pour les bassins. Vous désirez voir les images ?

Alisa acquiesça, et la femme se leva.

— Je dois d'abord en parler à mon patron, suivez-moi, leur dit-elle.

Les lieutenants et leurs consultants s'exécutèrent et suivirent l'hôtesse vers le bureau du directeur de la piscine. Une fois devant, la femme toqua. La voix d'un homme l'invita à entrer. Lorsqu'elle ouvrit la porte, Alisa prit les devants.

— Lieutenant Collet, se présenta-t-elle à nouveau en pointant son badge en direction de l'homme. Dans le cadre d'une enquête en cours, nous souhaiterions voir les images de surveillance.

— Je vous en prie, entrez, s'exclama le directeur. Tout est sur mon ordinateur.

L'homme les invita à approcher pendant qu'il ouvrait la session de son PC. Alisa lui indiqua quels jours elle souhaitait voir, et il ouvrit un dossier.

— Vous avez de la chance, commença le directeur. Les fichiers vidéo sont supprimés toutes les semaines. Ceux-là seront supprimés d'ici un ou deux jours.

— Vous ne les consultez pas ? demanda Matt.

— Si aucun dégât n'est visible dans le bâtiment, non.

Matt haussa un sourcil.

— Monsieur, je suis désolé, mais si vous n'avez jamais vu les images que nous allons consulter, alors je vous demanderai de quitter la pièce car elles feront partie des pièces à conviction de notre enquête.

— Oui, bien sûr, je comprends, dit-il en se dirigeant vers la sortie de son bureau.

Une fois le directeur dehors, Alisa ouvrit le premier fichier.

Après une bonne demi-heure de vidéo, Matt en ouvrit une datant d'un peu plus d'une journée avant la découverte des corps. La nuit devait être tombée, car la vidéo était en mode nocturne. Les images montraient les bassins de la piscine. Si lors des premières minutes, rien ne semblait bouger, Alisa se redressa soudain.

— Dans le coin à droite ! s'exclama-t-elle.

Une silhouette se découpa petit à petit. De dos, un homme se rapprochait de l'eau. Il se retourna et fit un signe en direction d'où il était arrivé.

— C'est qui ? On connaît son visage ? demanda la lieutenante.

— C'est Farid Lahbib, lui répondit Matt.

Sur les images, une femme arriva à son tour.

— Et ça, c'est Stéphanie Lacroix, prévint-il.

C'est alors que, sur l'écran, un homme tirant un corps fit son apparition. Alisa écarquilla les yeux.

— C'est Gaillard.

Il traînait le corps inanimé d'une femme, qu'il approcha de l'eau pendant qu'un autre homme arrivait en tirant un second corps. Tous deux penchèrent les victimes vers le bassin et y plongèrent la tête de ces dernières. Zane fit un pas en arrière.

— Ils… ils sont en train de les tuer… murmura-t-il.

Alisa serra la mâchoire et distingua une autre femme, ainsi qu'Antonin Herriot, faire leur apparition à l'image et tirer à deux un troisième corps, qu'ils plongèrent à leur tour dans l'eau.

— Je… Je suis désolé… bafouilla Zane en s'éloignant. Je ne peux pas regarder…

Connor le rejoignit, le teint aussi pâle que celui de son ami. Alisa leur adressa un regard désolé avant de reporter son attention sur la vidéo, qu'elle accéléra en cliquant sur l'icône adéquate. Une nuit entière s'écoula en quelques minutes, où les corps se succédèrent les uns après les autres. Près de dix d'entre eux étaient désormais entassés, quand un nouvel arrivant montra son visage à la caméra.

— C'est qui, lui ? demanda Matt.

Les mains de l'homme étaient prises par de grands sacs, qu'il posa devant le tas de corps. Il en sortit du matériel médical qu'Alisa reconnut comme étant les unités de prélèvements utilisées pour les prises de sang.

— C'est sûrement le médecin dont a parlé Marius, répondit Alisa.

— Putain… Ils étaient organisés, ces salopards, marmonna Matt.

Après encore plusieurs minutes de visionnage en accéléré, Alisa quitta la vidéo.

— Tu as un câble pour téléphone ? demanda-t-elle à Matt. Ou mieux encore, une clé USB ?

Matt fouilla sa poche et en extirpa un USB tout neuf.

— J'ai prévu le coup, répondit-il.

La lieutenante l'attrapa et le brancha immédiatement. Elle prit les vidéos concernées et les y copia.

— Matt, va me cherche le directeur de la piscine.

Son collègue s'exécuta et revint à peine une minute plus tard avec l'homme. Alisa lui expliqua avoir copié les vidéos et lui demanda de signer une déclaration lui signifiant qu'il lui en avait donné l'autorisation. Elle se garda bien de lui signaler que sa fille se trouvait sur lesdites vidéos, puis quitta son bureau, suivie par ses collègues.

Une fois sur le parking, elle se tourna vers Matt.

— On trouve qui sont les deux inconnus de la vidéo, et ensuite on chope ces connards ! annonça-t-elle.

VOUS AVEZ LE DROIT DE GARDER LE SILENCE

En entrant dans le poste, Alisa se dirigea, clé USB en main, vers les salles d'interrogatoire. Ses collègues sur les talons, elle ouvrit la porte de la pièce jouxtant la salle où Antonin Herriot attendait toujours en compagnie de son avocat. De l'autre côté du miroir sans tain, Alan examinait les deux d'un air curieux. Il se tourna vers Alisa en l'entendant entrer.

— Je me demande bien ce qu'il peut lui dire, expliqua-t-il en s'approchant d'elle. Tiens, voilà le PC que tu m'as demandé. Gaillard est officiellement en état d'arrestation, mais tu es sûre de ne pas vouloir l'interroger à nouveau ? En échange d'un marché, il pourrait nous donner les noms que l'on cherche.

La lieutenante secoua la tête en prenant l'ordinateur portable que lui tendait son collègue.

— Non, pas de marché pour lui, répondit-elle. De toute façon, je doute sérieusement qu'il dise quoi que ce soit, même avec une vidéo à l'appui. Alors que lui… Il est à deux doigts de craquer, avocat ou pas.

— J'ai hâte de voir sa tête devant la vidéo du crime, déclara Alan, un grand sourire aux lèvres.

Alisa voulut sourire à son tour, mais le souvenir de la vidéo en question était trop frais pour pouvoir se réjouir de quoi que ce soit. Elle se contenta de hocher la tête avant d'opérer un demi-tour pour entrer dans la salle d'interrogatoire. Mathieu la suivit, et tous deux pénétrèrent dans la pièce, l'air sérieux. Alisa posa l'ordinateur sur la table et s'installa face à Herriot.

— Monsieur Herriot, commença-t-elle en ouvrant le PC.

Matt s'empressa d'ouvrir la session tandis qu'Alisa branchait la clé USB.

— Vous aimez vous baigner ? continua la lieutenante, d'un ton détaché.

Maître Costa fronça les sourcils.

— Pourquoi cette question ? demanda-t-il.

— Pour ma part, j'ai toujours détesté les piscines, l'ignora Alisa en ouvrant le dossier de la vidéo. Le nombre d'horreurs que l'on peut trouver dans les bassins. La salive, les pansements usagés, l'urine, les cadavres…

— Je vous demande pardon ? l'interrompit Costa.

— Une piscine où un crime a été commis, ça a tendance à me rebuter, lui répondit la lieutenante en se tournant vers lui. Pas vous ?

L'avocat se tourna vers son client, d'un air agacé. Alisa déplaça alors l'ordinateur pour positionner l'écran face au coupable.

— Monsieur Herriot, pouvez-vous regarder cette vidéo et me dire ce que vous y voyez ? demanda-t-elle.

Matt appuya sur le bouton « Play ». Le passage sélectionné par Alisa débuta, laissant entrevoir une scène des plus morbides. Un tas de cadavres s'amoncelait tandis qu'Antonin, bien reconnaissable, traînait un corps inanimé vers le bassin de la piscine. L'homme plongea la tête de la victime dans l'eau d'un geste rapide, puis en détourna le regard.

— D'après votre comportement sur ce passage, on peut en déduire que c'était l'une des premières fois où vous ôtiez la vie à quelqu'un, murmura Alisa d'une voix froide. C'était comment ?

Costa se redressa, surpris.

— Qu'avez-vous ressenti, en l'imaginant morte ? continua-t-elle.

Herriot quitta la vidéo des yeux pour poser son regard sur Alisa.

— Je…

— Dites-moi, Herriot, quelles sensations vous ont traversé ? Vous êtes-vous imaginé ce que cela aurait fait si elle avait été consciente ? Elle se serait sûrement débattue, cette pauvre femme humaine, à qui on maintient la tête dans l'eau. Le liquide entrant dans ses poumons, la terreur s'insinuant…

— Lieutenant ! s'écria Costa. Ce n'est ni plus ni moins que de la provocation !

— Lieutenant Chef, le corrigea Alisa en haussant le ton, avant de reprendre froidement : C'était tellement plus simple pour vous qu'elle soit endormie, n'est-ce pas ? Si elle avait été consciente, si des larmes avaient coulé sur ses joues, si elle vous avait supplié de ne pas la tuer, qu'auriez-vous fait ?

Alisa attendit que ses paroles fassent effet dans la tête de l'homme, puis se redressa sur sa chaise.

— Vous ne pourrez jamais rattraper ce que vous avez fait, mais pire encore… Vous avez entraîné votre frère avec vous dans cette affaire.

Cette fois, Herriot ferma les yeux.

— Il risque cinq ans de prison, si ce n'est plus, l'informa Matt. Votre frère, un ancien analyste de la police entouré de criminels en tout genre. Vous pensez qu'il lui arrivera quoi, là-bas ?

— Mais nous pouvons passer un marché, continua Alisa. En nous assurant que vous et votre frère soyez séparés des criminels violents. En échange, vous nous dites les noms des personnes présentes sur cette vidéo, et leur implication dans ces meurtres.

Herriot, le visage crispé, se tourna vers son avocat. Costa hocha la tête en signe d'approbation.

— D'accord, répondit Antonin d'une petite voix. Je… Il y a moi, mon amie Stéphanie Lacroix, Farid Lahbib, Alain Gaillard, Élisa Romano et Dylan Chevalier.

Alisa tourna la tête vers le miroir, signal silencieux indiquant à Alan de chercher immédiatement où les coupables se trouvaient en ce moment.

— Expliquez-nous comment tout s'est produit, intima Mathieu.

— Alain… J'ai rencontré Alain à une manifestation, et après je me suis mis à manger régulièrement dans son restaurant. Souvent, des membres de l'association venaient manger là, eux aussi. Ils savaient qui était Alain, mais ils voulaient juste le provoquer. Stéphanie a dit à Alain qu'il devrait leur interdire l'accès, mais il nous a avoué qu'il avait autre chose en tête, qu'il ne savait juste pas s'il devait nous en parler. Stéphanie a insisté, et il a cédé… J'ai… J'ai cru que c'était la colère, qui parlait… Mais un soir, il m'a appelé et m'a dit de venir immédiatement avec ma camionnette et ma collection de canines dont je lui avais déjà parlé. Quand je suis arrivé à son restaurant, les volets étaient fermés et la porte close. Il m'a fait entrer, et à l'intérieur, il y avait tous ces gens inconscients. Il avait mis je ne sais pas quoi dans la nourriture pour les faire dormir. Dans le restaurant, il y avait Alain, Stéphanie, Farid et Élisa, mais aussi un homme que je connaissais à peine, Dylan Chevalier. Apparemment, c'est un médecin.

« Ils m'ont demandé de les aider à transporter les corps jusqu'à la piscine municipale. Arrivés là-bas, ils ont dit qu'ils allaient les noyer pour éviter qu'ils ne se réveillent avant d'en avoir fini. Je ne savais pas encore pour la suite du plan, mais en fait, Dylan avait eu l'idée de les vider de leur sang pour faire croire à une attaque de vampires. Il avait apporté ces machins utilisés pour les prises de sang. Une fois qu'un corps était saigné, Élisa et moi, on devait prendre les dents pour faire des trous dans le cou, comme s'ils avaient été mordus. Une fois fini, on a replacé les corps dans ma camionnette et on les a emmenés en forêt pour les y abandonner. Au début, on comptait juste les laisser près de la route, mais après avoir déposé plusieurs corps, Dylan a changé d'avis et a déclaré qu'il valait mieux les mettre derrière les arbres.

— Vous avez oublié d'en déplacer un, déclara Matt.

— Il… faisait noir, et on était tous épuisés… Je…

Alisa ne le laissa pas continuer et se leva

— Monsieur Herriot, vous êtes en état d'arrestation pour homicide volontaire. Un agent va venir vous faire remplir et signer votre déclaration, ainsi qu'une confirmation de notre marché.

Elle le gratifia d'un regard froid, puis se tourna vers Costa.

— Maître Costa, le salua-t-elle, avant de diriger vers la sortie.

Matt récupéra la clé USB et l'ordinateur avant de faire de même. Une fois dehors, Alisa ouvrit la porte de la pièce où se trouvaient encore Connor et Zane. Elle leur fit un signe, puis, d'un pas pressé, rejoignit l'open space. Alan, assis à son bureau et le téléphone collé à l'oreille, lui fit un signe de la main. La lieutenante arriva à son niveau à l'instant où il raccrochait.

— Figure-toi que l'on a de la chance, annonça-t-il. Chevalier est actuellement à son travail à l'hôpital Saint-André, Romano est également à son boulot, et Lacroix et Lahbib sont à la manifestation antivampires devant l'hôtel de ville.

— Comment tu sais, pour la manifestation ? l'interrogea-t-elle.

— L'un de mes amis officiers est chargé de les surveiller. J'ai eu l'idée de lui envoyer les photos, et il m'a confirmé leur présence.

— Il a fait vite, remarqua Matt.

— Oui, confirma Alan en souriant, moqueur. Apparemment, il n'y a pas beaucoup de manifestants.

— Bon. Alan, tu gères Chevalier et Romano ? Matt et moi, on va à la manif.

L'apollon hocha la tête.

— Je m'en charge, foncez avant qu'elle soit finie.

Alisa prit aussitôt la direction de la sortie. Avant de quitter le poste, elle récupéra une clé pour prendre l'une des voitures de service équipées d'une grille séparatrice. Puis, elle entraîna Connor à sa suite tandis que Matt en faisait de même, à la seule différence près qu'il rejoignait le second véhicule en compagnie de Zane.

Les deux voitures se suivant, ils ne mirent pas plus de dix minutes avant d'arriver devant l'hôtel de ville. Comme l'avait précisé Alan, il n'y avait pas plus d'une trentaine de manifestants. À leur tête, un mégaphone à la main, André Poincare, l'un des manifestants qu'ils avaient interrogés et qui semblait être le porte-parole. D'une pression du doigt sur un bouton collé sur le tableau de bord, Alisa activa le gyrophare bleu sur le toit de la voiture. Elle se gara sur la place, entre la cathédrale et l'hôtel de ville, puis sortit du véhicule. Les manifestants, mais aussi les officiers et les simples passants, s'arrêtèrent pour les observer, d'un air curieux. Alisa suivit du regard Matt, qui se garait juste derrière elle et allumait également le gyrophare. La lieutenante détourna son regard pour le braquer sur les manifestants et s'avança vers eux. Après un rapide coup d'œil, elle aperçut Stéphanie Lacroix en compagnie de Farid Lahbib.

— Madame Lacroix, Monsieur Lahbib, les interpella-t-elle, Matt sur les talons tandis que Zane et Connor restaient en retrait.

Les visages des deux coupables se décomposèrent.

— Vous êtes en état d'arrestation pour homicides volontaires avec préméditation, déclara la lieutenante.

LA TRADITION

La soirée était bien avancée lorsqu'Alisa termina son rapport. Alors qu'elle se levait de sa chaise pour s'étirer, elle lança un rapide coup d'œil vers le bureau vitré de son chef. Dumont discutait depuis déjà plusieurs minutes avec ses deux consultants.

— Tu as fini ? demanda Mathieu, qui apposait sa signature sur son propre rapport.

Alisa reporta son attention sur son collègue.

— Oui, enfin, répondit-elle. Il ne me reste plus qu'à tout relire et corriger.

— Aaah, la meilleure partie de notre travail, soupira-t-il.

La lieutenante se retourna vivement en sentant une main dans son dos. Alan lui offrit un grand sourire.

— La journée a été longue, et elle va l'être encore plus, dit-il, l'air guilleret. Vingt heures, le bar karaoké *L'illusion*, ça marche pour vous ?

Matt hocha la tête.

— C'est bon pour moi, confirma-t-il.

— Pour moi aussi, acquiesça Alisa.

— Super. À tout à l'heure, alors, les salua-t-il avant de se diriger vers la sortie.

Alisa lui sourit, puis entreprit de ranger son bureau où gobelets, emballages et paperasse se côtoyait dans un triste capharnaüm. Matt, dont le bureau était vide de déchets et où les piles organisées de papiers s'alignaient à la perfection, laissa échapper un rire en voyant sa collègue se débattre avec son bazar. La lieutenante le menaça d'une fourchette en carton, qu'elle jeta finalement dans la poubelle après la reddition - mains levées - de Mathieu.

— On les invite ? demanda-t-il en désignant du menton les deux vampires encore dans le bureau du chef.

Alisa lui sourit.

— C'était prévu, déclara-t-elle. Mais ça me fait très plaisir de savoir que l'idée t'a traversé.

Mathieu secoua la tête.

— Oh ça va, hein, s'agaça-t-il. Ils ont bossé sur l'enquête. Et je suis peut-être chiant, mais je ne suis pas horrible non plus.

— Moi aussi, cette enquête m'a retournée, lui confia-t-elle.

Percé à jour, Matt se redressa sur son siège, mal à l'aise.

— Ce n'est pas… commença-t-il. Enfin… C'est juste que… la haine qu'ils avaient envers les vampires les a poussés à tuer leurs propres semblables… Je ne veux pas que la mienne finisse par me faire penser du mal des miens.

— Tu veux dire de moi ? le taquina-t-elle.

— Non, toi c'est déjà trop tard. Je pense du mal de toi à chaque seconde de ma journée.

Alisa éclata de rire.

— Oh. Tu penses à moi tout le temps, alors. C'est adorable.

— Collet, Maltais, appela soudain la voix de Dumont.

Les deux lieutenants se retournèrent pour voir leur chef à la porte de son bureau, qui leur faisait signe de le rejoindre. Ils s'exécutèrent rapidement et se postèrent derrière les deux vampires, assis, eux, devant le bureau.

Le chef retourna à son fauteuil et leur sourit.

— Alors, Collet ? Votre retour sur le programme d'intégration, après cette première enquête d'achevée ?

— Du bon travail, répondit-elle.

Dumont pencha la tête, en attente de précision, et Alisa soupira.

— Connor et Zane ont fait du bon travail sur le terrain. La rédaction des rapports est correcte et la prise d'initiative est bonne, mais peut être encore meilleure. La confiance dans leur travail viendra avec le temps, énuméra-t-elle rapidement. Je pense que là, on a fait le tour.

— Un plaisir de parler avec Collet, informa-t-il avec sarcasme. Maltais ? Votre opinion à vous ?

Tous les regards se tournèrent vers lui. Matt braqua le sien sur le bureau de son chef, comme un enfant cherchant à éviter les regards après une bêtise.

— Je… Enfin… Pour une première enquête… ils s'en sont bien sortis, marmonna-t-il avant d'ajouter précipitamment : Mais ils auraient pu faire mieux !

Alisa sourit en lui donnant une légère tape dans le dos.

— Ça t'écorcherait la bouche, d'être sympa ? le questionna-t-elle.

Dumont sourit à son tour avant de les congédier.

— Allez, rentrez chez vous ! ordonna-t-il.

Une fois les quatre collègues sortis, Alisa rejoignit son bureau et attrapa ses clés.

— Du coup, finir le rangement de ton bureau, c'est non ? se moqua Matt.

Sans lui répondre, la lieutenante se tourna vers les deux vampires.

— On a une tradition, au B.E.V, leur expliqua-t-elle. Après chaque enquête couronnée de succès, on se retrouve dans un bar, une boîte ou un resto de la ville, avec tous ceux qui ont participé. Ce soir on va dans un bar qui fait karaoké. *L'illusion*, vous connaissez ?

Les deux vampires secouèrent la tête.

— Peu importe. Si vous voulez venir et vous joindre à notre tradition, vous êtes les bienvenus, déclara la lieutenante, en souriant. Je vous envoie l'adresse par SMS. Si vous êtes intéressés, on s'y retrouve tous vers vingt heures.

— On y sera, accepta Zane, après un coup d'œil vers son ami.

Alisa prit la direction de la sortie, et ses collègues en firent de même. Avant de passer la porte, la lieutenante se retourna, puis observa un instant les agents et lieutenants encore sur place.

— Qu'est-ce qu'il y a ? lui demanda Matt.

— Je pensais à Herriot. Marius, précisa-t-elle. Il travaillait ici depuis plusieurs années, il a volé des canines et tenté de couvrir un meurtre de masse. Je me demandais juste si, parmi nous, d'autres seraient capables de couvrir un meurtre. Ou pire… D'en commettre un.

Ses collègues ne firent aucun commentaire, mais comme elle, jetèrent un dernier coup d'œil sur les lieux avant de partir.

Alisa se gara dans la rue où, par miracle, elle avait trouvé une place suffisamment proche du bar. Elle attrapa les escarpins posés sur le siège passager, puis retira ses baskets et passa ses chaussures de soirée. Elle ouvrit la portière, sortit et rejoignit à petites enjambées *L'illusion*. Devant le bâtiment, elle eut la surprise de voir Zane et Connor, qui semblaient hésiter à entrer. Alisa s'approcha d'eux. Au son des talons claquant sur le trottoir, les deux vampires se tournèrent vers elle.

— Pourquoi vous n'entrez pas ? leur demanda-t-elle.

Zane lui indiqua du doigt un écriteau sur la porte.

— « Les vampires ne sont pas les bienvenus », lut-elle à voix haute avant de soupirer.

Elle fit un pas vers les deux hommes, leva ses mains vers eux, attrapa simultanément les deux médailles d'identification accrochées autour du cou des consultants et les passa au-dessus de leur tête. Elle les glissa ensuite dans l'une des poches de leur veste, puis sourit.

— Problème réglé, déclara-t-elle.

— Pour ce soir… murmura amèrement Connor.

La lieutenante perdit son sourire.

— Un jour, ça changera, affirma-t-elle. C'est déjà en train de changer.

Les deux vampires lui adressèrent un regard reconnaissant. Alisa poussa la porte du bar et les invita à entrer.

Une fois à l'intérieur, la lieutenante repéra Alan, déjà présent, en compagnie de son équipe au grand complet installée sur plusieurs tables. Matt, un peu à l'écart, se redressa en la voyant, l'air soulagé.

— Donc, on est les derniers, c'est ça ? se plaignit-elle en arrivant au niveau d'Alan.

— On ne change pas les bonnes habitudes avec toi, se moqua-t-il. Zane, Connor, ravi de vous voir.

Les vampires le saluèrent de la tête avant de s'asseoir à la table de Matt. Alisa les rejoignit en souriant.

— Je sens que tu es content de me voir, murmura-t-elle à son collègue en s'asseyant.

— Tu n'as pas idée, répondit-il. Ces types sont insupportables. Alan aussi, d'ailleurs.

Après plusieurs verres, Mathieu, complètement désinhibé, rejoignit la scène de l'espace karaoké. C'est le moment que choisit Zane pour se pencher vers Alisa.

— Je peux te poser une question ?

— Je t'en prie, acquiesça la lieutenante.

— Ce n'est certainement pas le bon moment, mais tu as dit que tu avais rejoint la police pour une autre raison que le décès de ta mère. Quelle autre raison aurait pu te pousser à devenir lieutenant ?

Alisa l'observa un instant avant de se tourner vers Connor. Celui-ci la dévisageait, curieux, lui aussi.

— Hum… murmura Alisa, indécise, avant de se lancer. Mon père est un meurtrier.

Les deux vampires restèrent interdits. Zane se tourna vers son ami et attendit une réaction de sa part.

— Qu… Quoi ? demanda-t-il, en voyant que Connor ne réagissait pas.

— Enfin, en tout cas j'en suis convaincue, continua-t-elle, d'une voix étrangement neutre. Je n'ai jamais eu de preuves, à vrai dire, mais… pour moi, c'est une certitude.

— Mais… Tu es entrée dans la police pour faire quoi ? questionna à nouveau Zane.

— Pour l'arrêter et le mettre en prison.

Connor sembla sortir de son état de choc.

— C'est… Enfin… Je veux dire… bégaya-t-il.

— Et vous ? le coupa Alisa, indiquant que la conversation sur son père était close.

Comprenant, Zane enchaîna.

— Pour être tout à fait honnête, je suis là pour Connor. Moi, la police, tout ça, ce n'est pas forcément mon truc. Mais je ne pouvais pas le laisser affronter ça sans moi.

Connor sourit. Alisa, elle, se tourna vers lui, l'incitant à s'exprimer.

— Hum… C'est peut-être un peu ridicule, mais… J'ai toujours aimé la justice, expliqua-t-il. Je voulais pouvoir participer à rendre le monde plus juste et plus sûr, pour tout le monde.

Alisa lui sourit en l'entendant appuyer sur la fin de sa phrase.

— Tout le monde… répéta-t-elle.

Elle leva son verre de cocktail et les invita à faire de même.

— Connor, Zane, félicitations, s'exclama-t-elle. Avec cette première enquête, vous venez de contribuer à un monde meilleur, pour tout le monde.

REMERCIEMENTS

*Le voilà. Mon premier livre publié.
Il est grand temps de remercier ceux sans qui cela n'aurait pu être possible !*

Tout d'abord, j'ai une énorme gratitude pour mes parents car ils ont accepté sans la moindre objection, sans le moindre doute, chacun de mes projets aussi fous soient-ils. Mieux encore, ils les ont soutenus et encouragés en me répétant sans cesse que j'en étais capable et que je réussirai.

Je remercie mes grands-parents qui, malgré leurs doutes, m'ont tout de même encouragée à au moins essayer et m'ont soutenue financièrement.

Je suis très reconnaissante envers mes bêta-lectrices : Corinne, Morgan et Ingrid qui ont lu et commenté mon livre avec beaucoup d'attention.

J'adresse un remerciement particulier à ma professeure de français de mon année de 3e au collège, qui, en me réconciliant avec cette matière, m'a sans aucun doute maintenue dans mon rêve d'écriture qui me semblait bien inatteignable.

Enfin je vous remercie vous, les lecteurs, d'avoir contribué à faire vivre mon histoire au fil des pages que vous avez tournées.

À PROPOS DE L'AUTRICE

Passionnée de littérature depuis l'adolescence, créatrice du magazine littéraire DElivre (magazine 100 % gratuits, numériques et bénévoles), bêta-lectrice et correctrice professionnelle, Christie Fo dédie sa vie à la lecture et l'écriture. B.E.V, programme d'intégration est son second roman écrit mais le premier publié. Il est né de son adoration des enquêtes policières et de la fantasy.

www.christiefo.com

DÉCOUVREZ AUSSI :

B.E.V, tome 2
Disparitions

Trigger warnings :

Meurtres
Sexisme
Racisme
Homophobie